u books

光のない。
［三部作］

エルフリーデ・イェリネク
林 立騎＝訳

白水 u ブックス

目次

日本の読者に

わたしの作品が日本で上演されることをとても誇らしく思います。わたしの生活は、日本のファッションをはじめとして、ほとんど日本に囲まれているようなものです。また、日本のみなさんにはわかってもらえないかもしれませんが、庭も日本風にしているつもりです。竹があります、生きている竹、死んでいる竹。竹を死なせることはとても困難です。よく知られるようにこの植物は、その地下茎《リゾーム》は、地中に広がり、地中で同盟を結び合い、どこにでも竹がほしいわけではない所有者に逆らいます。しかし制御できません。竹は逃げてさえいません。竹は鋭利な刃物で切りかかられてもみずからが死に絶えないことを知っています。いつの間にか竹は先へと進みます、最初は地中を、そして地表で。わたしの作品も平面的な広がりです、先へ先へと広がります、地中を進みはしません、すべては見て聞くことができます。「テクスト平面」という言葉は、ヨーロッパでは、少なくともドイツ語圏では、すでに禁句となりました。それは退屈を意味するからです。動きのなさを意味するからです。互いに協力し対立する興味深い人物たちがいないことを意味するからです。わたしたちはやはりみずみずしい生命を舞台上に欲するわけです！　わたしの竹もみずみずしい生命を欲し、あっさりそれを手に入れます。竹の生え方からは多くのことを学べます、ひどい迷惑もあるにせよ。竹は池の底に張ったシートやかわいい金魚たちを脅かします。わたしの作品も生い茂ります。それによって誰かがなにかを得るのか、わたしにはわかりません。少なくともわたしには得るものがあります。地下に生い茂った作品が演出家によって外へ呼び出され、目に見える生命を得る様子を見られるからです（生きる場所を気にしない竹には不要なことです）。管理を受けずに広がるものは生命でしょう、あるいは逆に、生命だからこそ生い茂るのでしょう。それゆえわたしは、わたしの作品もまたなんらかの意味で生きている、ただ、正しい人間たちの行為や愚行の模倣とは別のかたちで生きている、と思い、またそうなるよう望んでいます。地下茎《リゾーム》なのです、わたしの作品たちは。わたしはあまり歌舞伎のことを知りませんが、歌舞伎にも長いモノローグや技巧的に歪めた声があり、それらはしかし様式化された人工美の規則に厳密に従っているのでしょう。観客は作品を見て読み解き、なにがなにを意味するか知るのでしょう。わたしの作品にそれは不要です。言わばわたしの作品は、過剰に規定されています、わたしは開かれた余地を残しません、竹が隙間を残さず、土があればどこまでも広がるように。竹は必ず防根シートで囲まれます、しかしそれを越え出ることさえあります。なんらかの感覚が、なんらかの意味が、わたしのテクストという地下茎《リゾーム》を越え出ることはあるでしょうか。あってほしいと思います。わたしの演劇テクストの多くは歌舞伎として上演できるかもしれません。そんなことがあればとても嬉しいほどです！　わたしは常に原案を提出します、それは満たしても、満たさなくてもいいものです。竹は問うこともなく、目の前のすべてを満たします。わたしの作品に対しては、介入しても、どこかへ誘導してもかまいません。そしてまさにそのとき、たとえどこへ向けてであれ、なにが誘導されたのか、そこにわたしは興味をもちます。なぜならわたしはそのとき初めて、複雑に絡み合った根が向かう場所を、向かったかもしれない場所を知ることができます。そのときなにがあらわれるか知ることができます。繰り返しになりますが、日本での上演をとても嬉しく思います。複雑に絡み合ったわたしのテクストから上演がなにかを取り出し、それをみなさんが持ち帰れるよう願っています。そしてわたしは、持ち帰ったそのものが、みなさんの家ですべてを覆い尽くすほど生い茂らないことを望みます。持ち帰ったものが、みなさんの意識によって、最終的にはやはりふたたび制御されることを望みます。

エルフリーデ・イェリネク

光のない。

KEIN LICHT. (2011)

A　ねえ、あなたの声がほとんど聞こえない、どうにかできない？　声を大きく響かせることはできない？　わたしはわたし自身を聞きたくない、あなたはわたしをどうにかかき消してほしい。ただ、もう長いあいだわたしは思っている、わたしもわたしが聞こえない、耳を制御盤《せいぎょばん》にあてて、つかもうとしているのに、音たちを。友だちならやさしくできるはず！　もっと強く弾《ひ》くだけ、それがそんなに難しいはずがない。ここはわめき声ばかり、わたしにはわからない、動物工場？　設備の停止？　設備が停止したなら、どうしてかれらはこんなに叫んでいるのだろう？　全力で絞め殺した？　自動で停止した？　けれどだからといってすべてが静まるとはかぎらない。そこにあった力は消えることができない、なにかが消えることは決してないから、まだ叫んでいる、あの怪物の腹の中で、まるで喰われても猫の腹の中で長く叫びつづける蟬《せみ》たちのように。

B　なにも不思議はない、あなたは息もできず、あなた自身のうめき声があなたのしとめたい音をかき消している。自分で動物を逃がしている！　ここであなたはあなたの音たちを追って走る、けれどそれはわたしの音たち。あなたは間違った道を走っている！　どうすればいつか離脱が可能になるだろう？　それは谷間の道、そこからはなにも出てこない、壁は高くそりたち、なめらかで、下に溜《た》まった液体が輝く、独特の美しい光の中、けれどその光はわたしたちが、わたしたちだけがそこに投げかけたもの。わたしたちはたしかに望んでいる、それがわたしたちにもよい光を投げかけることを。けれど光は、放射線は、熱は、聞くことができない。猫の威嚇《いかく》のようなこのざわめきはなに？　わたしたちのエネルギーが奪われる！　死者たちは光《こう》‐線《せん》を放つ、かれらは訴えかけない、かれらに話しかけることはできない。わたしはあなたにわたしの音たちを貸す、あなたがあなたの音たちを聞かずにすむように。それをあなたは望んでいる。誰かが最後に介入して、あなたから音たちを奪うことを。あなたの音たちは望みどおりに流れない？　わたしの音たちなら通ると思う？　わたしは第二ヴァイオリンを奏でるに過ぎない、わたしはあなたを伴奏する、けれどまだ見えない、どこへ、その代わりに進む、ますます熱心に、ますます速く。

向こうへ。けれどわたしはあなたの事業者ではない、つまり、ハードウェアやバスドライバではなく、わたしが言いたいのは、心やさしい世話係のようなもの、狩猟禁止動物たちのところにいるような。動物たちはかれが見守っていると思う。けれど違う。かれは家々の中へと入り込み、そこにいるものたちの尻に火をつけ急《せ》かす。それをわたしはエネルギーと呼ぶ！　誰もがそれをエネルギーと呼ぶ。

A　わたしも撃退装置がほしい。わたしの声がわたしにはもうほとんど聞こえなかった、これからはあなたの声だけを聞きたい、あなたの声がわたしをわたしの声から遠ざけてくれるように。今はみなが叫んでいる、もう誰もなにも聞かない。あなたの声はなんとかあいだに割り込める？　わたしの声を聞くと、わたしはいつも異物が入り込んできた気持ちになる。涙のときと同じように、そう、まさに！　ひとは哀しいことに泣く、たとえば誰かが死んだとき。それ以上にひとは泣く、目に塵《ちり》が入ったとき。けれどそれは意志もなく泣くこと、哀しみなく、絶望なく。目から不適切なものを撃退するために泣くこと。わたしの音たちにもそれができないだろうか？　わたしはまったくなにもしない、わたしはわたし自身にさえ聞こえない、けれど観客席ではみなが泣いている、わたしがかれらの目に砂を、ただ耳にも！　撒《ま》いたから。そのときかれらは照りつける太陽の下、砂の中に横たわり、海を見た、金色にきらめく海を、しかし夕陽にきらめくのではない！　なにかが違う。そんな日は、これまでの世界にそう多くもたらされてはこなかった、だが今日という日は叫んでいる、特別大きな声で、そうわたしには思われる。いずれにせよまったく聞かれることのないわたしたちより大きな声で。

B　耳の上に座り込んでいる者はみな、今こそ立ち上がってほしい、おおまかな数を把握できるように！　今こそ頭の中からも音たちを撃退するとき。そうなればいいのに。音たちは今やその家々を去ってほしい、そうでなければわたしたちはかれらの食料と安全を保障できない。誰も聞こうとしなかった、今やかれらはそうするしかない。揺りかごの中の異物、威嚇する声でうなりはじめた、地獄の火のよう、まだとても小さい、けれどそれがすべてを手に入れようとするだろう、それを今度はわたしたちが保ちたいと思わなくなる、わたしたちはそうなるだろうと知ることもできたのに。この新しく生まれる異物は撃退しなければならない、けれどわたしたちの販売力は明らかに弱い。どのようにわたしたちはそれを海に入れ、また海から戻せばいいだろう？　入れる、出す、入れる、出す。

響きは見えないから。けれど見えて、聞こえるものもある、それは数値、最近はいつも高い、数値はまだ上昇する、どうすればわたしたちはいつかそのことを話せるだろう？　値《あたい》がこんなに上昇すれば、わたしたちは価値を失うだろう。それがわたしたちの価値ではない、けれどそれが強制的にわたしたちの価値ということになるだろう。まあ、異物はつねにわたしたちのあいだにあった、わたしたちを暖めてきた、つまり戦争、そのために女が特に奪われるということはなかった。いいえ、女は子を産まなければならないということもない。陰茎もつけず、仲間にならずに、ふらふら向こうへ消えていくこと、それ以上は求められない。

A　そう、そのとおり、もちろん両耳の上に座り込んだら、音たちを耳から撃退するのは難しい。異物が耳の中でひどく恐ろしいノイズになる。目から洪水がほとばしる、耳から水が氾濫する、独特の響きとともに、そしてなにもかもが止められず、本土に打ち寄せる、防ぐことができない。なににとっても、誰にとっても。まるでもう固いものなどなにもないかのよう。そして幾千の人間が流される、みずから危険へ近づいた人びと、あるいは、いいえ、わたしは思う、危険がかれらをすっかり消し去った。そんなことをしてもどうにもならないのに！　わたしはなにも聞こえない。あまりにうるさい。わたしは望まない、わたしの耳までここにあることを！　このざわめきのそばに！　ひどい刺激。この光-線、ほとんど意志もなく生み出されたこの熱、ただの副産物、わたしたちはそれをまったく気にしない！　だけで、もう十分なのに。耳たちは今や怒っている、調子を狂わせている、音たちを聞こうとしない。触れる？　まさか。少しの刺激でも目に入った塵と同じ。それだけでひとは母親が死んだときより泣き叫ぶ。それなら笑いは、逆の過程はどうだろう？　笑いによる攻撃が中和されなければ、笑いはわたしたちを意志にかかわらず揺さぶる、吐き気のように、残酷に！　わたしたちは笑わないだろう、わたしたちを笑わせる当のものはいつでも追い払えると、この脅威は冗談に変えられると、心の中で感じなければ。泣くべきときに笑う俳優がいる。かれらには違いがない。職業としてやらねばならないとき、かれらは切り離すことができない、まるで海がみずからの寝床と陸地をときおりもはや切り離すことができないように。

B　自然も必ずしもこんなに過剰に反応しなくてもいいのに、とわたしは思う、自然にも罪がある、わたしは受けいれられない。自然はわたしに第二ヴァイオリンを割り当てた、ただ音の大きさは十分でなく、この水を通すとどうにか弱まって聞こえることさえない。とはいえ水は、根本的にはただ冷やし、わたしたちにささやかな喜びを与えるはずのもの。他に水の役目はない。残りの時間を水は楽しみに費やせばいい。水は手離されたものを冷やせばいい、だがどれだけそれが続いただろう、水はその役目を手離した！　まだはたらくはずだった、ここではまだなにかが動くはずだった。今はもう動かない。わたしの楽器もずっと静まっている、わたしは狂ったように奏でているのに、けれどどこかに鏡のように音たちが今なお映る。音たちは映らずにはいられない、自然はなにも失わないから。どこかに音たちがただ単にあるに違いない、この旋律、あなたの奏でるそれは、単純なものではないけれど。わたしはあなたにもたれかかる、けれどあなたはなにも気づかない。水、その中を言葉たちが連れて行かれる、言葉の案内人によって、生きているもののもとへ、あれ以後、生きているものを見ても、なにが起きたのかはもうわからない。生きているものよ、おまえの道を行くがいい！　響き。嘆き。わたしには響きと嘆きが聞こえる。あなたにはあなた自身の響きと嘆きが聞こえないの？　どうして？

A　とにかくそれがわたしの意見。聞くことのできないなにかがわたしを伴奏している。

混同しないで、聞いたことのないものではない！　その声が大きくなればいいのに。わたしはそうして突然、聞くことのできないなにかを聞くことになる。わたし自身がそうだから！　わたしは第一の声、あなたに伴奏されている。わたし以外のすべての声たちは、ここで好きなだけ大声で叫べばいい、どんなに叫んでも伴奏に過ぎない。そう、あなたも！　誰もがみななにかを伴奏している、自分自身を聞くことのできないなにかを、けれど他の誰にも聞かれないなにかを。そうしたすべてがこうして音もなく進む、なぜならまさにうるさすぎるから。第二の声さえ聞こえない、わたしにはわたししか聞こえない、わたしはわたし自身に少し近づいた。けれどわたしはそれを望んでいない。それともわたしに聞こえていないのはあなただろうか？　わたしに聞こえないなにがここで響いているのだろう？　それがわたしということはありえない？　わたしには伴奏だけが聞こえない、わたしにはあなただけが聞こえない。

B　けれど突然あなたには伴奏が聞こえる、ただそれは悲報の言語による伴奏。その言語のためにわたしたちは通訳を必要とする。あなたには音たちがある！　あなたにはもっと音たちがある？　あったとしても、もうなにも変わらない。すべてがそれほどひどい。わたしはここでわたしの声を奏でる、けれどそれが聞こえない、わたしにはあなたの声しか聞こえない。あなたの声はなにを言うだろう？　そしてあなたはなにを言うだろう？　あなたはその代わりにわたしの声が聞こえない？　あの牛飼いはなにを言うだろう、わたしの声はなにを言うだろう、わたしはわたしの声に従う、まるでわたしがわたし自身に放牧された動物であるかのように。痛い、どうしてわたしの声がわたしを叩くのだろう？　わたしの声はわたしの森の奥になにを叫ぶだろう？　なにがわたしのもとへ戻ってくるだろう？　どうしてわたしにはあなたしか聞こえないのだろう、短寿命の核分裂生成物を伴う、可聴域下の半減期しか？　わたしに聞こえるのはすでに次の声、なぜなら最初の声はもう崩壊したから。あなたはわたしに言わない、誰が声を分裂させたのか。誰もわたしになにも言わない。わたしはわたしがもう聞こえない、わたしはもうなにも聞こえない、助けて！なにかを言っているのは誰？

A　わたしはもっと静かに奏でた方がいい？　わたしはもう少し下げた方がいい？　わたしはかまわない、わたしにはどのみち聞こえない。つまり、わたしにはあなただけが聞こえて、あなたにはわたしだけが聞こえたなら、誰が、たとえわたしが叫んでも、他にわたしを聞くだろう？　そうわたしは何度も言った、そしてわたしの前にも別の男がそう言った、つまり、誰がそもそもただのとりとめないざわめきではないなにかを聞いているだろう？　あなたは違う、わたしも違う。それならわたしたち二人はまったく演奏していないのかもしれない。そうかもしれない。それならわたしたちはそもそもなんのためにはたらくのだろう？　なんなのだろう、わたしたちに音としては聞こえず、なにか別のものとして聞こえてくるそれは？　救急隊員たちだろうか？　まさかここに救助隊が来て、海へ向かうのだろうか？　陸へ向かうのだろうか？　わたしたちには聞こえなかった呼びかけに応えた叫びのもとへ向かうのだろうか？　わたしたち二人は返ってくるものがないからこそ森の奥に叫んでいるのだろうか？　誰がわたしたちの見ることのできない見事な響きを調べてくれるだろう？　誰が来てくれるだろう、わたしたちが叫んでいるときに？　誰がそもそも来てくれるだろう、なんであれ、とにかくわたしたちがなにかをしているときに？

B　物理学者たち、いいえ、生理学者たちは言う、涙は目にある意味で油を差していると。それとも違う？　涙は目を機能させるための賄賂《わいろ》なの？　わたしたちの耳にもそういうものがあるの？　わたしが言いたいのはつまり……耳の中にもなにかがあるはず、わたしたちの言葉を、わたしたちの演奏を、わたしたちの叫びを飲み込み、消してしまうものが。そこにはなにかがあるに違いない！　それがここを向こうへ進んで行ったのだろうか？そう、それがここを向こうへ進んで行った、けれど間違ってわたしを吸った、わたしのなにかを。なにがあそこで起きているのだろう？　わたしはなにも聞こえない。

A　つまり。つまり。つまり。ここではわたしが今や第一ヴァイオリン、それでもわたしにとってそれがなんになるだろう？　わたしの中の宝物庫がなんの役に立つだろう？今なら避難所の方がいい。制御できない、なに一つ。すべてがこぼれる。あんな数字はわたしは信じない。タイプミスに違いない、他に説明がつかない。さきほどのわたしの音の半減期は約五〇分、つまりわたしにはそれがまだ聞こえるはずなのに、あと半時間後でさえ依然として聞こえるはずなのに。依然として持続しているはずなのに、わたしがわたしの音を奏でたことが。けれど他の音たちは？　かれらも五〇分後に、いいえ、五〇分前に、いいえ、五〇分後に崩壊するのだろうか？　五〇分は、音たちがそもそも奏でられる前なのだろうか？　響きは逆に進むのか？　つまりわたしの音たちをあなたが見つけられるのはただ、わたしの発音‐反応炉が動いているあいだだけ、わたしのタービンがひそかに動いているあいだだけ、そのタービンは見えない、そのタービンによって聞くことのできないものが聞こえるようになり、ついに来る、けれど創造者たち、すなわち反応炉たち、つまり反応者たち、なぜなら創造者は存在せず、見えないものに反応する反応者たちがいるだけだから、反応炉たち、創造者ではなく、まさになにかに反応する、そのことはすでにその名が言っている、どうでもいい、その反応炉たちをわたしは数日前に停止した。いいえ、それらはみずから停止したはず。どうしてそれなのについにここに静けさが戻らないのだろう？　それともこれがもう静けさの一部なのか、わたしたちにわたしたちが、そして互いが聞こえないということが？　どうしてそれならあなたはまだなにかを聞いているのだろう？　ああ、そう、いいえ、あなたはなにも聞こえない。どうして、どうして、どうして？　わたしたちは残された、でもどうして？　わたしはなにもわからない。あなたはなにも聞こえない、わたしはなにもわからない。ありがとう。

B　わたしはもちろん第二ヴァイオリンに過ぎない、けれど第一ヴァイオリンという伝令官の呼びかけを聞きとらなければなにもできない、それが第二ヴァイオリンの目を覚ます、ハ音記号のあと五小節、アウフタクトをつけて、弦楽器だけで。わたしは伴奏、けれどどんな出来事の伴奏だろう？　なぜならあなたは出来事ではない！　あなたはある出来事の結果、中がからっぽの丸天井がその出来事を生み出した、丸天井は響きを保存する、けれどその裂け目から出てくるものはなにもない。出来事はつねに外から来る、そしてわたしたちを覆う。あなたはそろそろわたしに音の親切をしてあげようと思わない？

A　わたしはもうずっと奏でている、その時間をひとは有限性と呼ぶ、ただいつになってもなにも来ない！　どうしてわたしは奏でるのだろう、誰も聞かないのに？　どうしてわたしにはあなたが聞こえないのだろう？　ずっとこの叫び声ばかり。かれらはどんな美しいものを見たのだろう、あんなに叫ぶなんて、それともどんな恐ろしいものを？　誰がそもそもここで叫んでいるのだろう？　わたしにはもうわからない。少なくともあなたには、わたしの伴奏には、本当はわたしが聞こえるはずなのに！　あなたはわたしに合わせなければならないはずなのに。あなた自身が裁かれずに済むように！　たとえそれがひそかにわたしがわたしのからだという家を避難させることだとしても。そう、わたしはベランダに立って手を振る男。わたしは五日後に救助される屋根の上の犬。わたしは肋骨《ろっこつ》が透けるほど痩《や》せて、かつてはあんなに美しかった牧場で餓死する馬ではない。あなたの声は、たとえば今なら、邪魔されずにわたしの中に忍び込めるだろう、誰にも気づかれず。あらゆるものがもうあなたの声でいっぱいになっている、そして誰もそのことに気づかない。あらゆるものがもうわたしの声でいっぱいになっている、そしてそのことにも誰も気づかない。まるで一つの精神がわたしたちの車たちを操縦しているかのよう。まるで一つの精神がわたしたちの暖房を動かしているかのよう。まるで一つの精神がわたしたちの家電やデバイスの電源を入れているかのよう。まるで一つの精神がさまざまな命令を出していて、けれどもう誰もそれに従わないかのよう。まるでわたしたち自身が亡霊であるかのよう。

B　まあ、ひとはいろいろな理由で泣くことがある。そしてたった一つの異物が、わたしたちに照準を向ける照門《しょうもん》にとっての照星《しょうせい》ほど小さなかけらが目に入っただけで、涙は溢《あふ》れ、激流となる、その激しさは、恐ろしい出来事へのどんな釣り銭よりも圧倒的、次第に小さな硬貨で支払われる、最初に大きなものが失われたあと。その出来事が過ぎ去るまでに、あまりに何度も両替がなされて、もう誰もわざわざ支払おうとしなくなる。涙の役目はまったく見えないよそ者を追い払うこと。この泣きわめく声！　すべてはただ誰かを撃退するために過ぎない！　どうあっても見えない誰かを。どうしてそもそもわざわざ苦労することがあるだろう？　忍び足でやってきて、またひそかに立ち去った誰かを撃退するために。けれどその誰かのなにかが残っている。ここにはなにかがある、あなたはそれに気づかない？

A　そう、ここにはなにかがある、もうわたしも気づいている。けれどそれはあなたが奏でるものではない。なぜならそれはわたしには聞こえない。わたしは伴奏されないまま奏でなければならない。その代わりあなたにもわたしが聞こえない。わたしは鼻で空気のにおいをかぐ。においのするものはなにもない、聞こえるものはなにもない、なにもない。けれどここにはなにかがある。ここにはなにかがあるに違いない。避難者たちはのたれ死ぬ、生きているものたちは計算を間違え、気が狂う。そうなると介護士はおむつを手に持ち忙しい、なぜならわたしたちはすべてを垂れ流す、わたしたちはすべてをそのままにしてしまう、やめるということだけがわたしたちにはできない。わたしたちはそれを止めることができない、それがどんなことをしていても。

B　ここからなにかが大量に流れ出ているに違いない、けれどわたしたちはどこへ垂れ流されているのか気づかない。とはいえ水はここにある、間違いない。あるいはとにかくここに来たものがある。一体なにがここから流れ出ているのだろう？　それは極めて高温でようやく気化するもの、とひとは言う、それはただそれ以前になおわたしたちを通り抜け、地中に、水に、大気に入る。なに、なに、なに？　見えない動物たちの、わたしたちを越えて走り去った群れの足あとだろうか？　わたしたちはどんな態度をとればいいのだろう？　どうしてわたしたちは地面に身をかがめるのだろう、わたしたちが狩りをしているなら、どうしてすぐに身を伏せるのだろう？　すきま風さえ感じられない、けれどこれから感じるようになるだろう、わたしたち棄《す》てられたものたちはそのことは期待できる。あらゆるものが向こうへ向かう、わたしたちの音たちがわたしたちの前にあとを残して向かった方へ、けれどわたしたちは何度もそのあとから外れてしまう、それならそもそもなんのためにわたしたちの前にあとがあるのだろう、わたしたちが何度もわきの茂みに落ちてしまうなら？　するとわたしたちはまたあとに乗り、かれらに合わせ、かれらを追わねばならない、必要ならかれらが旋律になるように強制しなければならない。わたしたちがもうなにも感じなくなるまで。どこかにかれらがまだいるはずだから、あの善良な音たちが！　わたしたちにわたしたちが聞こえないなら、別の誰かが音たちを聞いているのかもしれない、いいえ、別の誰かが音たちを聞いているに違いない！　絶対に！　人間たちは木々の背後にしゃがみ込む、排水溝のわきにいる、放水する、かれらの鼻は空気のにおいをかぐ、かぎまわる、互いを探し、ここにはまだ食べられるものがなにかあるかと探す。しかしにおいはなく、味はなく、わたしたちの服と同じように水をはじくのがわたしたち。あれ以前も、あれ以後も。ひとは違いに気づかない。煙と蒸気さえ区別できない、一方は黒、他方は白、けれどそれはもう違いにならない。かれらは聞かない、かれらはなにも見ない、かれらは種を蒔《ま》かない、かれらはヴァイオリンを鳴らさない、だがかれらは知っている、ここにはなにかがある。ここにはなにかがある。わたしたちの音たちが飛んで行ったあそこ、あそこにはなにかがあるに違いない。わたしたちはなにを黙っているのだろう？わたしたちは正しくなかったのだろうか？　そしてそれはわたしたちになにをもたらしただろう？　なにもない。わたしたちに決められることはなにもない、なぜならわたしたちは残らない。残るのはなにか別のもの。それはなにか別のもの！　わたしたちが決められていたなら、わたしたちはわたしたちが今持っているものを持っていなかっただろう。わたしたちはなに一つ持っていなかっただろう、けれどこの無もわたしたちにはなかっただろう。呼びかけに応え、わたしたちはなにかを手に入れた、それが今やわたしたちみなを連れ去る。どうすればわたしたちは、わたしたちのあとに来るものたちについて決めることができるだろう？　けれどももしかすると今となってはわたしたちのあとにはもう誰も来ないのだろうか？　わたしたちにはあんなに時間があったのに！　わたしは泣いてしまう、どれほどの時間がわたしたちにあったか考えると、残念ながらつねに一度きり。そして突然、今この瞬間からはもう時間がない。今ならわたしたちはわたしたちの家を棄ててもいい、もし時間を取り戻せるなら、遠くの地鳴り、汚染された空気、溺れるものたちの叫び、焦げたにおい、そのすべてをわたしたちはなくしてしまいたい、すべてをもう一度体験するために、なぜならそうなればわたしたちもまだ生きているだろうから、一秒が割れてかけらになり、時間が逆向きに流れるあいだだけ。けれどわたしたちにそれは許されない、それもわたしたちの手から奪われる。わたしたちはすべてをなくしてしまいたい、ただわたしたちはもうすべてを奪われている、時間がそうする。不安で気の狂ったものたちがさまよい歩いている、正気の中で恐ろしく病んでいる、けれどわたしたちは遊んでいる。わたしたちは奏でている。なにが起きたのかくらいは、ひとはわたしたちに言うだろう、けれどわたしたちにはそれも聞こえないだろう。わたしたち自身が根拠になるだろう、なぜならわたしたちにはわたしたちが根拠づけたことが聞こえないだろうから。残念ながらわたしたちにはまさにわたしたちの演奏も聞こえない、もしかするとそれはまったく演奏ではないのだろうか？　そうでなければわたしたちにはまだ自由の余地があるはずだから、もしそれが演奏なら。そういう余地をわたしたちは与えられたはずだから、そうじゃない？　そこならわたしたちは間違いなく聞いてもらえるだろう、そうじゃない？

A　第一ヴァイオリンのわたしが探しはじめる、それはきっとわたしの役目。その際はよく気をつけなければならない、さもないと逃がしてしまう、曲の分かれ目を、ソロを、カデンツァを、終曲部の反復を、他にもいろいろ、生み出されるとすぐに内部に引き込まれるものたちを。わたしたちがそれをわたしたちのために残しておけるように？　それならなんのためにこのざわめきは時間をかけてわたしたちをこわがらせるのだろう？　けれどわたしたちには時間がある。止まれ！　わたしは今こう言われている、わたしたちにはもう時間がないと、せいぜい数ミリ秒しかないと。その声が正しいはずはない。わたしはまだ奏でている、そして今しがたわたしは調律した、いつものように。だからうまくいくはずなのに！

あなたの第二音は第一音よりずっと大きく響いた、甘く見ればその第二音もまだ正しかった、けれどそのあとわたしにはもうなにも聞こえなかった、もうまったくなにも。最初の二つだけ。二つが交わったのだろうか、それどころかからみ合ったのか？　重なり合ったのか、数十ミリ秒のあいだだけだとしても？　わたしの音の状態は大気中ですでに安定しているだろうか？　すでに固くなり、あなたが拾い上げられるほどだろうか？　わたしたちはわたしたちの音たちを（それとも別の誰かがもうそれをしたのだろうか？）美しく重ね合わせ、その重なりが、青虫のような若芽が、その成長が、その腐敗が、まったく気づかれないようにできるだろうか？　美しいだろう、それらがついにふたたび交われば、まるで雇われていないものたちが腕を組むように優美に、いいえ、まるで職を失くしたものたちが腕を組むように不機嫌に、かれらはどのみちテレビを見るか、音楽を聞くしかすることがない。そうした人間はしかし、かれらがまるで余計なもののように出してきた液体すべてと同じように、特に、それどころかまったく特別に過敏に、ノイズに反応する。わたしは感じる、あの交わりはすぐにまた壊されてしまうだろう、わたしたちの音楽は、わたしたちの調和は、燃料プールの中で、えっと、冷水プールの中で次第に弱まり、終わりに向かうことが避けられないように思われる。一つの音が響くこと、それはつねに同時に一つの音が消えていくこと。

そう、そうでなければならない。音たちが多いほど、ノイズに対する感度は高くなる。そしてすでにわたしたち二人だけが唯一のノイズになってしまった気がする、どうして？　太陽でさえ今はまた輝いている！　太陽はかまわない。あいだの時間に、誰かがなにが起こったのかをわたしたちに知らせてくれた。どうして演奏に違いが出るはずがあるだろう、わたしたちが、誰が、なぜ、どこへ、を知っているとしても？　かまわない、わたしにはあなたがもう聞こえない。もしかすると大地がその神々《こうごう》しく満たされた音あそびでわたしたちをかき消したのだろうか？　たった一つの言葉でさえわたしたちには触れない。もしかすると時間はわたしたちの上を急いで通り過ぎたのか？　わたしは、わたしたちに触れ、わたしたちを動かすべきだったその言葉を、今この大地に触れる言葉を、見つけることができない、けれど触れるだけでは大地は満足しない、大地は口づけようとする、中に入ってこようとする、わたしはその言葉を、大地がなにを望んでいるかを、正しく書くことができないだろう、たとえその言葉がわたしに浮かんだとしても。わたしはそれを言うことができない。そしてもしわたしがその言葉を口にしても、わたしを聞くものは誰もいない、なぜなら時間がわたしの口からわたし自身を奪ったから。時間はわたしの口から言葉を奪った、なぜなら時間は、わたしがまだまったく知っていたはずのなかったことを言おうとしたから。音楽は時間、そして時間をわたしたちはもう持たない。もしかするとそういうことなのだろうか？　もしかすると釣り鐘のように揺れる大地の下にいる誰かが、この壮大な音あそびを響かせたのか？　ただ神だけはとうにいなくなっているだろう。大地は沈黙を貫き、揺れ尽くす、まるで大地は根拠もなく自分自身をみずからのうねに蒔こうとするかのよう、自分がまず苦労して引いたうねの中に。このうねにはもう地面がない、もうどんな地面をつくることもない。呼びかける声がどこかで響く、動物の声をまねしている。牛の一頭でもあらわれそうなくらい。わたしたちにはなにも聞こえない、わたしたちはそこからなにも得られない。わたしたちはどんな手本も見つけられない。動物たちでさえまだ聞き耳を立てている、友がいないか、敵がいないかと。おそらく、まったく新しい理論があるとすれば、わたしたちは互いに聞こえているのに、ただそのことを知らず、それゆえにもう互いに聞こえないと信じているのだろうか？　音楽の流れは途切れた、今やわたしたち自身が流れている、けれどどこへ？　わたしたちの音たちはわたしたちを伴奏しなかった、それなら誰を伴奏しているのだろう？　わたしたちが音たちを生み出したにもかかわらず、かれらが欲したのはただ、わたしたちのもとから離れることだけ。けれどどこかでかれらは驚いている、いいえ、今やどこかに溜まっている、ひづめで別のうねを引きながら、そのうねもまたなににとってもよいものではない、そう、どこかでかれらもとても長い生物学的半減期を生き抜いているに違いない。たとえば毛皮にすれば今ならいいだろう。脅威と暴力をうまく受け止められるようになるかもしれない、いいえ、羽毛ならもっといいだろう、鳥がいいかもしれない、鳥なら簡単に向こうへ飛んで行けるから。鳥にはすべてがまったく単純に見えるとしても、わたしたちにはそれはできない。どこであろうと、誰であろうと、それがわたしたちだったことはないだろう、わたしたちはそこにいないだろう、その場にいないだろう。

B　わたしたちにはなにも聞こえないから、叫ぶものたちも、救いを求めるものたちも聞こえないから、かれらがはじめたはずはない、かれらが着手したはずはない、あの半減期に、前からあとへか、それともあとから前へか、手を伸ばすことを。音楽が時間なら、今はハーフタイム、ただ誰もわたしたちにそうだと告げない、どこにも表示されていない、そして誰もわたしたちをピッチから引き上げさせない、いいえ、半減期はここに掲示されない、けれどわたしたちはわたしたちが生み出す音たちの半分さえ聞こえない、混同しないで、半音のことではない！　そしてわたしたちの四分音符たち、八分音符たち、かれらは一体どうすればいいだろう？　かれらはもう間に合わない、どこへ向かうのであれ。半減期に比べれば、わたしたちの時間にはなんの価値もない。そう、もしかするとわたしたちにもうなにも聞こえないのは、半減期がわたしたち半分ずつよりもすでにずっと遠い未来へと急いで行ったからだろうか？　そしてさらに遠くへ急いでいるからだろうか？わたしたちの未来はどこかへ移されたのかもしれない、なぜなら未来が、愚かな言葉のために、それどころかおそらくたった一つの言葉が多すぎたためだけで、半音上がらず、進級できなかったから。そうしてあるいは未来は段階を下げられたのか、レベルが下げられ、ごく簡単な回答になったのだろうか、今日の段階ではそちらはまだ列車を運行してください、と？　ここを今日これから走るものなどあるのだろうか？　わたしはここにもう四時間立っている、釘付けになったように、けれどここを走るものはなにもない。どうしてひとはわたしたちをこんなふうに扱うのだろう？　まさか、電車が迷うはずはない、電車は線路を走るから、つまりわたしたちはそれをしなければならない、新しい進め方を見つけなければならない、わたしたちがもう一度迷うかもしれない前に、ひとはわたしたちをこんな仕方で扱う、わたしたちはもうそんな奏で方はしないのに、つまり、演奏をわたしたちはしている、けれどわたしたちは互いが聞こえない、お願い、もしかすると他のもあるいはこれは、この土地に課された罰なのだろうか？　ただ、だからといってあなたはいきなり海をまるごと送りつける必要はなかった、あなたが誰だとしても。あれは善意の押しつけだった。ねえ、あなたはさっきの二分音符をどれくらい伸ばした？　あなたはどうしても我慢できない、この音符をどれだけ伸ばさなければいけないかというときに、たった一つの二分音符に過ぎないのに！　全音符は（いつかタイ記号の弧線はとにかく終わる！）わたしたちの音域の外にあるだろう、あなたの音域とわたしの音域の外に。そしてまさにそれが起きた！　ひどい全音符、ひどい成績。わたしたちの生はその半減期にさえ達することがない。すべてがはるか彼方にある、あらゆるしるしが示している、わたしたちの音たちはわたしたちよりもさきへと急いだ、そのあとでわたしたちはよりよい弦に、この羊の腸線《ちょうせん》に、腸の巻線《まきせん》に、ほら、ともかく羊の最良の面に触れ、よりよい振る舞いができるようになった、つまりわたしたちの音たちは、どこで聞くこともできないだろう。そして音たちがどこかで聞こえるようになる前に、音たちは崖から身を投げる、恥に耐えきれず、なぜならかれらはなんの役にも立たない、あの落胆した音たち、かれらは自分で自分の道をふさいでしまった、帰路につく前に。あるいはかれらは自分の意志で身を投げるのか、いいえ、かれらが旅立ちのたちにはわたしたちが聞こえるかもしれない、おーい！

たがることはない。かれらの意志は主張できない。そしてかれら自身はなににも、誰にも反対できない。わたしたちは返事も受け取らなかった、別の記号を持つ別の帝国から、そこでもその記号たちは認識されなかった、記号たちは言う、そこでわたしたちの音たちは尋問されるかもしれないと、けれどほんの短いあいだだけ、またそうなるとしても持ち運び可能なデバイスの中でのこと、あの持ち運び可能な尋問室の中でのこと、いいえ、音たちが運ばれて行ったかもしれないそこでのこと、なぜならそこで音たちは必要とされるから、けれどほんの短いあいだだけ、そこなら音たちが聞こえるかもしれない、もし人間そのものが持ち運び可能なら、なぜならMP3《エムピースリー》プレイヤーは必然的につねにわたしたちもいる場所にある。それはひとりでに逃げない。けれどもしかするとそうなるとその一つの小さな場所には記号が多すぎるかもしれない、それとも音たちはすでに記号の書かれた道しるべを見つけたのだろうか、かれらだけではどのみち読めない、わたしたちの音たちだけでは、かれらは自分自身を読まねばならないから、見えない木になる果実たち、いいえ、わたしにはわかる、わたしたちだけにかれらが聞こえないのではない。しかもわたしたちは楽譜を読むことができる、わたしたちは音たちを確認できる、わたしたちの最終検査をかれらは通過しなければならない！　誰もわたしたちを聞いていない。わたしたちはヴァイオリンに弓を当てた、わたしたちは弾いた、わたしたちはぬりつけ、削りとった、けれど自然はわたしたちをぬりつぶした、どこかの誰かがなにかを聞く前に。そんなことは聞いたことがない！　わたしたちは生み出した、音たちを、けれどわたしたちにはかれらが聞こえない。わたしたちは思う、あらゆるしるしから見て、他の誰にもかれらが聞こえていない。自然はわたしたちをその場から取り除いた、自然はこう考えたのだろう、わたしはもうこの野生のひなは育てない！　結果は明らかだろう。

A　つねになにかしらの結果が出る、けれどもう出口が見つからない。どこかで漏れ出る。走り出し、つかえて、鳴りやむ、わたしたちは奏でていたのに、わたしたちはあれほど長く奏でていたのに、わたしたちには互いが聞こえない。あなたにはわたしが、わたしにはあなたが聞こえない。見て！　聞いて！　からだはわたしたちの音たちを別のなにかと間違えたのかもしれない、それどころかそうして骨に取り込んだのかもしれない、そうひとは言う。それならわたしたちはいつのまにかわたしたちの音たちになったのだろう！　わたしたちのからだは、わたしたちが音として生み出したものを、すでに骨全体にしまい込んだのかもしれない、そしてわたしたちはそのことに気づかなかったのだろう。わたししたちは受けいれた、それに気づくことなく。ここからなにかが狂ったように溢れ出た、そのことにわたしたちは気づいた、水が一時的に完全に固形化した、一つの壁になった、けれど水はそのあとまたなくなった。もう誰もその壁を今のわたしたちにつくってくれない。水はコンクリートのように硬かった、水は勘違いしたのかもしれない、なぜならここにあったのは水が打ち寄せるダムだった、水自身がダムだった、なぜならここで水はいわばみずからを使ってダムをつくらねばならなかったから。そのとおり。あれほど荒々しくあふれ、包むことが、他の誰にできるだろう？　わたしは水がもっともこわい、火よりもこわい、けれど火も実に不快なことがある、そのねらいは喰い尽くすこと、そして飲食はつねにわたしたちの生という格安バスツアーに含まれている、そうはっきりとパンフレットに書かれていた、海岸での一日自由行動あり、と。ただわたしたちだけがその意味をわかっていなかった。つまりそこには書かれていなかった、休憩所に着いたら壁がわたしたちへ押し寄せるとは。わたしたちがいつものように行儀よく、ソーセージの皮を、紙屑を、チーズの端を、発泡スチロールのうつわをまとめたり、ゴミ箱に投げ捨てたりしていたそのとき、そこにはもうあの壁が来て、お礼にわたしたちを水に突っ込んだ。わたしたちの音たちも、もしかするともうずっと前からそこに取り込まれていたのかもしれない、わたしたちの音たちが事後的に壁のようにわたしたちに近づいてきて、わたしたちを押しつぶす。わたしたちはそのことにもうまったく気づかない、しかもそれは、わたしたちがすでにとっくに死んでいて、海は未来からわたしたちのもとへと駆けつけたから、繰り返し、なぜなら時間は棄てられた、わたしに今もわからないのはただ、どこで。音楽はつまり時間、けれど音楽はどこへ行ったのだろう、わたしたち二人には音楽が聞こえない、どこかに音楽は取り込まれた、かすかな音さえ立てられないまま、とわたしは思う、この意見がわたしの体内で濃縮する、そしてわたしたち自身も石頭を揃えている、取り扱う、もちろん、なぜならわたしたちはそれによって音楽を録音できると信じている。石頭のように硬いヘッドが、わたしたちにぶら下がるプレーヤーから、まるでそれ自体がもうからだの一部であるかのように、直接、まわり道もなく、耳の中へとつながっている。だがここでも聞こえるものは、なにもない。聞くことからふたたび離れていくもの、別のものたちの中へ用を足しに行くものは、とても静かで、まるで一度も再生されなかったかのよう。そしてわたしたちはその音たちを求める権利もまったく持たない、わたしたちが音たちを持ってさえいたら！　そのときわたしたちは音たちをふたたび過ぎ去らせなければならないだろう、わたしたちはたしかにそうするだろう、ただ、音たちはどこへ行ったのだろう？　それがわかればいいのに。欠陥品だったのだろうか、そうした苦情は販売店にお願いします、けれど販売店は対応しないだろう。むしろ他のものごとが互いに反応しあう、それはわたしたちにとってよいことではないだろう。それがわたしたちを病気にするかもしれない。わたしたちは音たちを生み出す、けれどわたしたちには聞く権利がない。わたしはどうにかまだその背後を調べる、けれどあらゆるものが今や一つのその背後、そしてわたしたちはたどり着かない、そしてわたしたちは向こうの前方にとどまらなければならない、わたしたちにはわからないなにかの先遣隊《せんけんたい》として。

B　かれらを聞くことはできない、かれらは別のどこかにいるから、なにか別のものとして。わたしたちの中に組み込まれた、れんがのように、鋳型に流したコンクリートのように、響きはじめたあとすぐに。もしかするとわたしたちもすでに別のどこかにいるのだろうか？　誰にわかるだろう？　もしかするとわたしたちは、わたしたちがさっきまでいた場所では響いているのかもしれない。その場所はもうない、ひとの気配もない。わたしたちはその場所を残すべきだったのに、むしろ場所の方がわたしたちを離そうとしなかった。わたしたちはあのときどんなに走っただろう！　もしかするとわたしたちは、部屋のすみに使われないまま立ててある軟ベータ線照射器の電源を入れた方がいいのだろうか、洪水でこごえたわたしたちの手が、演奏のときに冷たくないように？　ここでなにかが崩壊したに違いない、とわたしは思う、それ自体の中で、またわたしたちともに、希望もなく崩壊したに違いない、一つのすばやい電子が核から逃れた、けれどその電子はそれ以前にはそこにはなかった、崩壊の中ではじめて生まれた。わたしたちとは違う。わたしたちは、以前はあった、今はない。わたしたちの音楽は？　それもまた、計測できないなにかとともに、わたしたちから離れた。あらゆるものがその核を離れる！　誰もこの空間を離れられない！　わたしたちはこんな状況でそもそも演奏できるだろうか？　こんなふうにどこにも避難所がないままで？　わたしには見える、わたしたちの指は動いている、両手も、楽器を握り、弓を引く、どちらの愚かな手も別のことをする！　まるで一方は他方のしていることを知らないかのよう。大切なのは、ともかくなにかをしていること、からだの持つこの愚かな道具が。わたしには楽譜さえ見える、わたし、第二ヴァイオリン、あなた、第一ヴァイオリン、けれどもしかするとわたしたちはまったく奏でていないのだろうか？すべてが見えない、なぜならわたしにもなにも見えない。すべてがもうなくなった。

Ａ　あの軟線照射器の電源は入れない方がいい！　それがわたしたちになにかすることはないけれど、そうわたしは願っているけれど、ここには遮蔽板《しゃへいばん》がない、そうして光線は無防備なわたしたちに当たる。もしかするとわたしたちも対生成《ついせいせい》の結果なのかもしれない、その弱さはわたしたちのよう、三位一体のよう、一つの中から三つが生まれ、一つの中に三つがあり、しかも素粒子の数は保たれる、まあ、もしそうなら、わたしたちはわたしたちの三つ目をつかまえようとして失ってしまったに違いない！　それともわたしたちは切り離すことで三つ目をはじめて生み出したのだろうか？　三つ目はどこにいるのだろう？　もしかすると三つ目なら聞かれていたのだろうか？　それをわたしたちは決して知ることがないだろう。もしかするとそのわたしたちの反発部は、わたしたちに否定的な部分は、否定的に数えられたのだろうか、二つと一つ、わたしたちに反するがそこにある一つ、そうすればわたしたちの三位一体は保たれたのか？　まあ、どうでもいい、けれど一つは今や消えた、それともあなたにはどこかに見える？　わたしたちは二匹の蝶、いいえ、二つの軽粒子《レプトン》、わたしたちはそれだけ一層固く結びつく、わたしたち二つ、そして幸福な上向きの風を待ち望む！　だからその照射器には手を触れないで！　いつまでもなでまわさないで！　その方がいい気がするだけ、誰にわかるだろう、ここでさらにどれだけのものが軟化していくだろう？　そうなるくらいなら凍った方がいい、そうじゃない？　なぜならわたしたちが電源を入れれば、その光線は場合によっては崩壊する、長いあいだ電源を入れてなかったから、それが起きれば、わたしたちは場合によっては消える、そして硬い見本が、硬い光線が発生する、わたしたちには硬すぎる、場合によっては、そして重い被害が発生する、場合によっては。軟線照射器の電源は入れない方がいい、わたしは今では確信している、自分で光‐線を放つ方がいい、二つで、わたしたちのささやかな音のいたずら仲間がもっと楽しくなるように。それがひとの機嫌をよくする、それがわたしたちのその後の偉大さをようやく正しくつくり出す、そしてわたしたちはそうなると考えられていたものになる、場合によっては。自然のおだやかな腕に安らう、光‐線を放つ被造物。けれど自然もまた、かつてひとがわたしたちに言っていたものではない、わたしたちは自然をそれほどゆがめてしまった。それはわたしたちの音たちと同じ、わたしたちは音たちを生み出した、けれど音たちはわたしたちを追いかけようとしない、もし追いかけても音たちは明らかにわたしたちに追いつかない。たぶん誰かが忘れたのだろう、音たちを産み落とすことを、なぜなら音たちは生み出されてはいる、それはあの壁のようにたしかなこと。それはここに、わたしたちの声の中にある、わたしの第一の声と、あなたの第二の声の中に。

そうじゃない？　たしかなものはなにもない。自然は存在する。けれど自然はまたどこへ行ってしまったのだろう？

B　わたしたちにはわたしたちの音たちがこれまで聞こえなかった、それなら一体なにが音たちはまだあると今でも言うのだろう？　どうしてわたしたちはそもそも演奏を続けるのだろう？　あなたにはなにかわかる？　わたしたちはまだ完全に密閉されていて、ばらばらになっていないと言えるなにかがある？　わたしたちの外皮が、外側の容器がまだ保たれていると？　なにがそれに賛成と言い、なにがそれに反対と言うだろう？　わたしたちはまだ密閉されているの、それとももうばらばらなの？

A　つまりそれがわたしの大きな希望、外皮が、容器がまだ保たれていますように、と。皮膚がなければ指は動かない、容器は、それ自体がわたしたちだから、そう、わたしたちはこの上さらに容器でもなければならない！　それがなければわたしたちは最後の残りまでばらばらになって、流れてしまう。そうなればもう誰も誰かの声が聞こえるかと耳をかたむけない。わたしたちを信じてほしい、ここには一つの声がある、いいえ、ここには二つの声がある、あなたとわたし、聞かれうる二つの声がある。けれどひとは、わたしたちの声を求めていると言いながら、わたしたちを今やしかし、本当に完全に見棄てている。

B　涙たち、わたしの涙たち、どうしておまえたちはそんなにうるさい！　おまえたちはなにをそんなに叫んでいるの？　もう静かにして！　せめて少しは静かにして！　意味はないから、おまえたちがああだこうだ言っても、わたしたちには聞こえない！　光‐線を放つものがおまえたちによごされるだけ、おまえたちの影がそこに落ちる、照射器は濡れ、火花を散らして動かなくなる。どうしてここで涙が流されるのだろう？　原因はない。底が抜けてしまった。あなたがこの涙を受けとめるなら、あなた、この土地、この国よ、それをみずからの肥やしにしようとするなら、土地はいつかそれだけで本当にいっぱいになるだろう、そして幾千のからだが水中へ押し流される、水は光‐線を放ちながら、からだとともに消えていく。また新しい水があとから来るまでは。海はまたたっぷり獲物をつかまえた。涙たち、おまえたちはなにを得るだろう？　水から、水へ。上がって、落ちる。どんな利益があるだろう？　上がって、落ちる、株価のよう、授業のよう、それは人間たちに与えられる、知ることができるように、人間たちはどれだけいるのか、どれだけのものを持っているのか、そしてどれだけのことをさらに学ばなければならないか。水漏れ箇所はどこだろう、どこからおまえたちは流れてくるのだろう、涙たちよ、どこに源があるのだろう、誰にも聞かれていないものごとの源が？　どこからかそれは来ているはずだから！

A　どろ。よごれ。泣き声。わめき声。わたしたちはわたしたちの中にいて、外でなにがあったか聞こえない、外ではもう、わたしたちの中でなにが進んでいるのか聞かれない。いたるところにばらばらの切れ端。人間が織りなしていたもののかけらたち、活動の最中に死に、こちらへ流れてきた。こういうものを使っても、かれらは下に溜まった液体を吸い取ることはできないだろう。ここにあるこれが、しかもこれがすべて！　これからは、わたしたちの余った生を扱う、液体に奪われた生を、よごれの中の、どろの中の、流れ出たガソリンの、ディーゼルの、飲料水の中の生を、少なくともかれらはみな時機を逃さずに逃げることができた、ただ遠くまでは行けなかった。そう、どこからか、しかしそれはまたふたたびこちらへ来るに違いない、それがなんであれ、いいえ、水が、わたしたちというボトルに詰めて、今日は入荷しなかった、水は切れている、水は別のどこかにある、そして、いいえ、生も二度と戻らない、一度行ってしまったら、けれどわたしたちではない、まだ生きているのは、だからわたしたちは語ることができない、わたしたちとはいつもなんだったのだろう、いつも忙しかった、こわがったり驚いたりしてばかりで、今はよごれしかない、そして、いいえ、羽毛ではだめ、もっと硬いもの、今のわたしたちにはもっと硬いものが必要、今のわたしには思いつかないけれど、まだなんとか飲めるのだろうか？　水は、普通はよくても、この水は違う、たとえ飲めるように見えても、あるいはどこか水にまったく似ていても。そう、それは水に似ている、けれど水は隠れる、わたしたちの音たちのように、そう、そのとおり、水はわたしたちにとって失われた、根本的に、地中に失われていった、水はいたるところにあるけれど、水はいたるところへ広がった、けれどわたしたちはそこからなにも得られない。その代わりにわたしたちは絶えずなにかを生み出している、成果もなく、わたしたちはもう何時間も演奏している！　けれどわたしたちはそこからなにも得られない。わたしたちはわたしたちをかわいそうと言う、それは正しい、だがもっとかわいそうなものたちがいる。どこかでわたしたちのなにかが吸い出され、流れ出る、けれどわたしたちには見えない、どこに新しい流しが、容器ができるのだろう、料理ができるように、わたしたちがせめてわたしたちにとって食べられるものになるように。すでに貯水タンクの建設がはじまった、大地はその水のために柔軟につくりかえられる、水に果汁を加えればさらに味がよくなる、そうなることを望んでいた、水は、けれど大地はなにを望んでいるだろう？　大地から水だけを切り離すことはできない、毒だけを切り離すことはできない、切り離すことのできるものはなにもない。けれどひとは、わたしたちの声を求めている、捜索すると言いながら、わたしたちを助けない。本当ならわたしたちは二人よりずっと多いはずなのに、そうじゃない？　わたしたちの音たちは、今や巨大な空白。わたしたちの音たちは、水の漏れ箇所。それはどこ？　そしてそれはどこに行ったのだろう？　どれだけ遠くに？　それが問題。穴はさすらうことができない、死者が歩けないように。これについてあなたたちはどう言うだろう？　それとも穴がさすらうこともあるのだろうか？　それをあなたたちは今や事実と呼ぶ、くつがえしようのない事実と、あなたたちはずっとあらゆることをくつがえし続けているのに！　つまりどうなの？　さすらうの、さすらわないの？　穴はさすらうことができる。オーケー。わたしはかまわない。穴がどうしてもさすらいたいなら。穴なのに電荷を運ぶ？　ホール電導をわたしたちだけが使える？　そしてなにかが欠ける場所、穴が生まれた場所で、そのの欠損は、電子は、別のもので補われる、それを電気と呼ぶ？　すごい！　どんなものも痛ましい欠落をあとに残す、しかしこの穴は、それがわたしたちに残された、なぜなら電子は去ったから、それはすぐに電気を生み出す。これはなんといっても正だ！　いいえ、負だ！　いいえ、正だ！　この荷があたりをうろつきまわる、まるで一度積み込まれたら、あとはもうすることがないかのように。まるでなんの役目もないかのように。それは穴のさすらい。わたしたちは民族大移動。そう。そういう穴があるところは、どこであれ、電荷に正の過剰が生じる、そしてこのいとしい穴がさすらうとき、そのことをひとは呼ぶ、電気が流れている、と。それがあの名高い電気、Ｆ１のスタートの勢いでスピーカーに音楽をわめかせる、そう、まさにあの電気、あなたたちの家にもあって、音楽を叫ばせている、水の上の悪霊たちの歌のよう、あなたたちはゆったり旅行しているのに。電気こそすべて、あなたたちが必要とするすべて、電気さえあれば家であなたたちの帰りを待つものがある、あなたたちがいなくなっても。穴がさすらうと電気の流れが押し寄せる、けれど海がさすらうともう誰も来ない、そのときにはみなが走って逃げる、かれらは海をいつもうまく必要とすることができていたのに。かれらは海をうまく使った。これこれの数のひとが来て、これこれの数のひとが死ぬ。そしてわたしたち自身がさすらうと、誰にもわからなくなる、わたしたちがどこにいるのか、そしてわたしたちにわたしたち自身がもう聞こえなければ、あらゆることが起こりうる、また電源が失われ、そのためにタービンがショックで気絶することさえも。ひとはものごとがどこにあるかを知っている、穴はさすらうが、あらゆるものがその秩序を保つ。水の漏れ箇所はここにある、死者たちはあそこにいる、わたしたちはそのあいだにいる、けれど世界の円環の中心ではない、世界はもう円環をなさない、世界に属しているものがあまりにも少ない、かれらだけではもう円環をつくることができない。それは音楽ではない、これから来るものは、お願い、もしそれが別の誰か、別のなにかから来るなら、わたしたちに責任はない。それはむしろ一つのわめき声、もしかするとわたしたちの声かもしれない、わたしたちにはわからない、わたしたちには別のなにかが聞こえる、わたしたちにはわからない、なんだろう、いいえ、わたしたちにはなにも聞こえない、暗闇がわたしたちを追い越した、わたしたちはもうなにもわからない。わたしたちの音たちはどこだろう？　わたしたちはここで互いの耳になにを叫んでいるのだろう？　このわめき声は本当にわたしたちの声だろうか？　それは検証されたのか？　そんなはずはない、わたしたちから来るものは音たちだけのはず、他のことにはわたしたちは責任がない。わたしたちの曲がった指が楽器に触れる、そこにかれらがいるはずだから、わたしたちの音たちが、そうわたしたちは学んだ、けれど聞こえるものはただ、叫び声、わめき声、うめき声、泣き声、すすり泣き、自分自身と他の多くのことを心配している人間たちの。かれらにはもう心配しかない、音楽に耳をかたむける前提がない、けれど音楽はどのみちなくなった、戻ってくるようにも見えない。もしかすると音楽も気持ちがたかぶり過ぎて、もう音を出せないのだろうか？　ともかくわたしたちからはいずれにせよ音楽が出てこない。わたしたち自身も音楽があればいいと思う、けれどもう仕方がない。この叫び声を音楽と呼ぶことはできない、わたしたちは音楽があってこそあれほど大切にされていたのに。音楽はそれを生み出すものたちによる管理された自治、それなのにすでに音楽はわたしたちの手に負えなくなりつつある、わたしたちという服を脱ぎ捨てつつある、音楽はコントロールできなくなる、わたしたちはそのコントロールを学び、また訓練してきたのに。それはまるでさきほどの笑いや涙と同じ、どちらも抑え込むことができない、泣くことや砂漠をさすらうことは止められない、わたしたちに優位な立場のしるしをくれる笑いを抑えることはできない。笑いはじかに正しさになる。かれらがわたしたちの声をかき消したということはない、ここで叫んでいるものたちが、そうではなく、わたしたちはたしかに演奏しているのになにも聞こえない。この聞こえなさ、わたしたちはこの聞こえなさを熱心に生み出している、今もこの聞こえなさは、音の響きをつかまえようとするときに、弦に触れるときにもうはじまっている。音たち、おまえたちはどこに行ったの？　ここの下のどこか、そう、この叫び声の下、このざわめきの下、そこにかれらはいるに違いない、わたしはそう思う。あなたはあなたの音たちをもう持っている？　あなたはせめてその一つでも持っている？

B　そう、それがまさに大問題。わたしたちの音たちが今いる場所はまだ見つからないの？　わたしたちの美しい音楽がどこへ行ったのか、誰も興味がないの、それとも探してないの？　わたしたちの音たちを見つけ出すことに興味があるのは、間違いなくわたしたちだけではないだろう。けれどあなたが第一ヴァイオリンを奏でる。あなたが教えて！　わたしの大きさに合わせられそうになったら知らせて、わたしは二番目に過ぎないけれど！　わたしはわたしの立場をわかっている。けれどももっとも大きなものはそのままの大きさではありつづけない、逆に小さなものは小さなままでありつづける、川の中の小石のように。

A　誰もよりによってわたしたちの生み出したものなど探さない。もしかするとそれが原因でかれらは行ってしまったのだろうか？　他にありうる原因が今のわたしには見えない。

それならば今こそ来たれ、ムーサよ、いいえ、風の花嫁よ、来てほしい、空気が、いいえ、大地が生んだ女よ、いいえ、そう、水が生んだ女よ！　おまえ、水をあわだてる女よ！おまえはわたしたちの地面になにをしたのだろう？　わたしたちは今日、どこに立っているのだろう？　大地は亡霊的な遠隔作用で別のどこかに移されたのか？　底が抜けている！　おまえはすべてを掘り起こした、ムーサよ、弦を奏でて、おまえは上手にできるのだから、二つの弓を選ぶことさえできる、わたしたちはおまえに貸すから、はじめてほしい、ついにはじめてほしい、またはじめてほしい、おまえの旋律と嘆きを！　おまえたちは吹き寄せる、風たちよ、遠くから、ああ、あの少年のもとから……わたしはなにを言っているのだろう！　来てほしい、どこからでも、風たちよ、けれどわたしたちを絶えずかき消さないでほしい、あるいは誰でも来たければもう来ればいい、そしてわたしたちの編んだ織物を奪って、わたしたちの音たちを窒息させる亡霊を払って、押し上げて、大地よ、吹き寄せて、風たちよ、ああ、そう、大地はもう亡霊を見つけ出したのだろうか？そんなふうに、下から、そうじゃない？　押すのは反則だ！　審判、電話をかけて！わたしたちは知っている、おまえがどこに車を停めたか！　まあ、一度は大地もはたらいていい、けれどわたしたちが恐怖と驚愕にとらわれるような、どんなことが起きただろう？

善良な大地は大きすぎる、そのことにわたしたちはこんなことがなければ気づかなかっただろう。風たち、なんと甘くおまえたちは、この心を苦しませるだろう、いいえ、そうするのはおまえたちではない！　人間はそこまでに達していない、人間は十分でさえない、人間は前から苦しんでいる、人間が成立しはじめるやいなや。けれどもしかすると人間もまったく存在しないのだろうか？　理論的に要請された多くの対象は、遅かれ早かれ、その非在が証明されてきた、たとえば電磁波の媒質としてのエーテル、あるいは熱を一種の物質として想定すること。もしかするとわたしたちも存在しないのだろうか？　しかも、わたしが思うに、わたしたちの持つ価値が、こんなにも矛盾をもたらすがゆえに。わたしたちというようなものは、まったく存在することができない。恣意的に作用する変数がさらにまた信じられない値を示すなら、それは違反だ、わたしたちをつくり出した価値への違反であり、わたしたちの創造者たちの美的感覚への違反であり、またわたしたちの演奏家たちへの違反でもある、かれらはついにわたしたちに言おうとしている、わたしたちとは誰なのか、わたしたちはなにをしてきたのか、それを言うことで、わたしたちのもたらした生成物を新たに評価し、分類できるように。わたしたちというようなものがそもそも存在を許されるということは、ありそうにない！　愚かすぎる！　わたしたちはこんなにもわたしたちを待ち望んでいたのに！　けれど望んだものだけでは決して十分ではない、逆に大地はすでに十分以上のもの、大地はみなのために十分にある、そして大地はさらに多くのもののためにも十分にある、大地は恥知らずなほど、それほど遠くまで大地は続く、広がる、道を邪魔するものは肘で押しのける、きっとわたしたちの音たちも飲み込んだのだろう、わたしたちが弦の中にかすかに響かせた音たちも、もともとわたしたちははじめから静かに演奏したかった。けれど聞こえない、それは行き過ぎだ！　ただわたしは思う、どれだけ行き過ぎたのだろう。けれどもういい、裂けるほど弓を当てても、わたしたちには聞こえない。人びとは他に探さなければならないものがある、見つけなければならないものがある、わたしたちの音楽以外に。からだのどこか一部に、この複雑に荷物の詰まった魂に、そしてこの崩壊した、間違いなくすでに汚染されたからだの中に、撃退器官があるに違いない、そのことが、大地の側から手短かに、数分のあいだ、それ以上ではない、語られた。恐ろしいことが起きる、すると誰かが泣く、一粒の砂さえ目に入っていないのに。わたしたちの中からなにかを撃退したいという欲求があるに違いない、涙たち、音たち？　どろ、どろ！　ひどい！　よごれ。くそ。水と混じって吐き気がする。そうしたすべての一かけらでさえ、わたしたちが涙を流すには十分だっただろう。

B　わたしが思うに、からだは器官を動かす、器官はたしかに、とっくにやはりどろになっていて、見ることのできないものをさらに受けいれることにはまったく適していない、そう！　まさに見えないものを受けいれられない、しかしまるで母がスプーンでするように、見えないものは器官へ流し込まれる、わたしたちはもう子どもでいたくないのに、わたしたちのあごからはどろがもうよだれかけにしたたるのに。けれどそれでも食べることを強《し》いられる、かわいそうな子ども。今の子どもたちはもうなにも強いられないのに。子どもたちの方が親に反応するよう強いる。欲望はあらゆるものたちを反応へと強いる。けれど大地にわたしたちはなにも強いてこなかった、そして見て、大地がみずからしたことを！　聞いたことがない、わたしたちのように！　聞かれることがない、やはりわたしたちのように。あらゆるものが入り、あらゆるものが出なければならない、いいえ、逆ではない。それともやっぱり逆だろうか？　必要ならどれだけ多くの器官をからだが動員できるか、それは驚くほど、けれどその器官たちはあらゆることにまったく適していない、いずれにしても求められていることに適していない、にもかかわらずかれらはおとなしく試みる、自分なりのかかわりを、自分なりのごまかしを。自然は明らかに過剰にあらゆることに反応している、その代わりにわたしたちにはまったく反応しない、どうあっても奇妙だろう、本当ならわたしたちのなにかが聞こえなければならないはずなのに、あなたはそう思わない？

A　わたしはなにも思わない、なにも見つからない。けれど突然、風が強く吹きつけるように、また大地が激しくぶつかるように、わたしたちがホルンを吹く、えっと、弦をつつくように、なんでもいい、優美な叫びがなにかから放たれる、そして骨まで届く、どうすればその叫びを聞きとることができるだろう、ここにいるみなが一つになって叫び出すときに、どうすればいい、どうすればいいどうすればいい？　繰り返し、あまりに甘美な恐怖とともに、わたしの魂はふいに動かされるのだろうか？　ああ、なにを言っているのだろう！いいえ、わたしの魂ではない。誰にも見えないなにか。わたしはすでに何度もそう言った。大地はわたしの下で動く。それはわたしではなかった、誓って言おう、それはわたしではなかった、動いたのは！　誰かが調整を間違えた、けれどなにも動かなかった。あるいは間違えたものが動いた。わたしは奏でただけ。わたしたち二人は弦楽器奏者。弦を鳴らすことはできない、けれど奏でる。わたしたちはなにをしたのだろう？　わたしたちは聞こえないものたち、聞かれたことのない演奏者、けれどソリストもわたしたちには聞こえない。わたしたちはなにものでもないものの伴奏者。ソリストはきっとそもそも来なかったのだろう。あるいはソリストは自分の作品をすでにどうにかして、どこかに置いてきたのかもしれない、一つの作品、その半品期《はんぴんき》、いいえ、その半減期には、出荷から数えてもまだ達していない。それはまるでこのどろの中で泳ごうとすることのよう！　どうしていけないだろう、あそこではまだ工場でできたばかりの新車が何千台も泳いでいる、自社生産のものもある、わたしたちがつくったのではないけれど！　数万年後には、ソリストの音が半音になって聞こえるのかもしれない、そしてわたしたち半分ずつのオーケストラが出した音たちが、半分ずつになって聞こえるのかもしれない、伴奏として、わたしたちは伴奏だけを許されている、あなたたちはわたしたちのナンバープレートをよく見てほしい！　そう、音の値を、価値を、それがわたしたちに絶えずつきまとい、離れなかったものだから、まるでそれより大切なものはないかのように。その公表を人間たちに期待することはできない、公表すればかれらはすぐにまた落ち着かなくなるから。わたしたちの音の値と価値に人間たちはただ過剰に反応するだけだろう。わたしたちの値と価値への核反応は、核心部ではまったく正常だった、けれどわたしたちは目下のところ過剰反応できない。

二万四千年後には全音が聞こえるのかもしれない、冥王《プルートー》に生み出され、下からいやそうにペダルをこいで登ってくる、移民たちの巨大な群れの足あと、下から来るものはすべて悪い。大地はここでなにかをした、それはなにかを言うためではない！　言いあらわすことができない。大地は建物から地面を奪うだろう、そして途方もなく大量の水が流れていくだろう、大地がなめ尽くされたあと、大地は決してふたたびなめたようにきれいには見えないだろう。こうした過剰な、激しい自然の反応がわたしたちに明らかにするのは、あの欲求、わたしたちにかつてあったけれど、今は名指すことのできない欲求。わたしたちは、もらっていたものを、必要としていた。わたしたちは、必要としていたものを、もらっていた。わたしたちはもはや、必要なものと使用できるものとしかかかわりを持たない。けれどそれはもしかするとすでに数万年前に必要とされていたのかもしれない、そしてわたしたちは今になってようやくそれが見えるだけなのかもしれない。わたしたちの音たちは、もしかするとすでに二万四千年前、四万年前に価値を半減させていたのかもしれない、わたしになにがわかるだろう、わたしには近くしか見えない、遠くは見えない、冥王《プルートー》に生み出され、今や音たちは本来ならもうわたしたちの中から出てくることができるはずなのに、音たちはここまでにそれを学んだはずなのに、わたしたちのトニたち、わたしたちの光のない。

アントンたち、チロルのアントンではなく、いいえ、かれらはあちらの出身ではない。ともかく、どんなにわたしたちが弾《ひ》いても、来るものは、そう、なにもない。わたしたちは結果の結果の結果。続きもわたしたちのあとには続かない。わたしたちのあとを追うものはもうなにもない、わたしたちのあとに続くもののもうなにもない。

B　あなたは事前に考えられたはずだと言いたいの、わたしたちは聞かれないかもしれないと？　決して聞かれないかもしれないと？　それなら、今すでにわたしたちが聞かれていないなら、どうして未来に聞かれるはずがあるだろう？　どうしてわたしたちがわたしたちの向こうへ届かなければならないだろう、誰がそうしてほしいと言うだろう？　ここにはわたしたちにもできないことが他にある、けれど代わりに風がそれをする、風はわたしたちの向こうへ吹き抜けるかもしれない、あらゆるものをなでるかもしれない、そしてわたしたちは二十年後にようやく気づく、わたしたちは注目されていたと、いいえ、強調されていたと、いいえ、そうではなくむしろふるいにかけられていたのだと、なぜならわたしたちは獲物を約束してくれる足あとを追っていたから、けれど本当はそれは泥棒たちの足あとだったから。かれらはわたしたちのすべてを盗んだ！　あなたたちからまずどうぞ！　早く！　風は、身を起こすまでは苦労する、けれど一度はじめたら、もうなにも止められない、わたしたちの上を吹き渡り、わたしたちの向こうへ吹き抜ける。風はわたしたちをたいらに伸ばす、わたしたちの向こうへ吹き抜ける。もうなにもあらわれなくていい、ただもうなにもあらわれることがありえなくなるように。なにもなければ、皇帝や天皇さえもなにもできない。そして大地は？　大地がなにかしたのだろうか、わたしたちにわたしたちの楽器の制御を失わせ、学んだことを失わせるようなことを？　よくも悪くも？　わたしたちの自治とわたしたちの技術はむしろ育ち、成長する、いいえ、ずっと大きく育つのではない、心配しないで！　けれど他のものたちが、わたしたちではなく、他のものたちが、笑うときや泣くときのように、自分自身に対する制御を失えば失うほど、それは育つ、できないことをしたくなるわたしたちの情熱は、いいえ、わたしたちではない、他のものたち、いつも他のものたち！　かれらはなにもできない、わたしたちはそれをどうすることもできない、そしてそもそもどこにいるのだろう、そのかれらは？　あなたにはここに他のものたちが見える？　かれらの歩みは、もしかするとわたしたちの音たちのように、なにか逆向きに進んだのかもしれない、かれらはかれらがそこから来た場所へ向かったのかもしれない、けれど戻るということでもない、かれらは後ろ向きに行く、自分の痕跡を追って、つまりかれらはただ止まり、うしろを見て、そしてそちらへ進む、自分を追いかけて、ただ逆向きに。それはわたしたちの胸を痛ませる。前に進んでいたものが、今やうしろに連れて行かれる。ずれていく、狂気、救いなく、それがわたしたちをつかんで離さない。わたしたち自身がわたしたちの音たちを盗んだのだろうか？　わたしたちは知っていなければならないのに、もしそれがわたしたちだったら！　いずれにしてもそれは育ち、成長する、わたしたちの傲慢な制御は、わたしたちは十分な訓練もしているから。誰がそこからなにかを得るだろう？　つまり、わたしたちがそれをもちいて芸術のために燃焼する要素、以下では燃料要素と呼ぶ、の損傷が進んでいるかもしれず、わたしたちの音たちが笑いを前に自制できないということから、なぜなら誰かが音たちをくすぐるから、そしてこのくすぐりこそつねに脅威だ！　音たちは壊れたように笑う、なぜならかれらは攻撃される、あらゆる方向から、まるで戦争のように、非常な速度で、予測不能なかたちで。わたしたちの音たちが身をかがめ、身を隠すのに忙しいとしても不思議はない！　とにかくかれらはいなくなった、わたしたちの循環から外れた。縫いつけが雑だった、そのことにかれらはすぐに気づいた、高温の燃料でかれらは養われていた、そしてすぐに誰かがかれらを冷やさなければ、かれらは、そしてかれらとともにわたしたちは、終わりだろう。いいえ。

かれらがわたしたちを終わらせるだろう。かれらはわたしたちとの関係を終わらせるだろう。ここには火がある、おそらくこれを使ってわたしたちは芸術のために燃焼している、まあ、そう、つまりそれはすべてを燃やす、それは今やとにかくすべてを燃やしてしまう。さっきはまだ寒かった、わたしたちは疲れ切っていて、そのためにわたしたちの要素たちがおそらくわたしたちとともに壊れたから。こんなことになるなんてわたしたちは夢にも思わなかった、わたしたちが芸術のために燃焼するなんて、しかもそうなったらなったで、なにも出てこない！　以前は違った。わたしたちは鳴り響くことを待ち望んでいた！　わたしたちのからだは、けれどこんなふうに恐ろしい緊張に、圧力にさらされている、まるでわたしたち自身がだらしなく調律された弦で、自分の弓で伸ばされていくかのよう。微調整用のヘッドはなくなった。一つの緊張が支配する、地殻の中まで、大地の髪の先端まで、草の中、野菜の中、きのこの中、野生の動物の肉の中、他にもあるだろうけど、とにかく重要なことは、もうなにも食べないこと！　絶対に！　それはわたしたちの大切な弦を無理に引っ張るだけでなく、その緊張は、みずからを制御し、みずからの能力を持つために、もう抑えることができない。その緊張が生み出すものはなにもない。それは電圧ではないから！　逆に、緊張が流れに入れられる、それがここを流れる、そう、海の中へも。

けれどそのあと、緊張がようやく外へと放出される前に、それは熱を持ち、自分自身とともにあらゆるものを熱くする。ところでそれはあなたのところもそう？　近づけてはいけない誰かが来たりしないか、あなたも絶えず耳をそばだてている？　けれどその誰かはつねに来る、あなたが聞いていようといまいと。人びとは今まさに高価な子どもたちを外国に疎開させる、お願い、あなたたちはかれらの道をふさがないで、かれらはあなたたちをあっさりと踏み飛ばしていく、向こうなら救われるに違いないから！　いいえ、すべてが救われるのではない、かれらだけが救出されねばならない、それからようやく救助をはじめることができる！　正しいのはかれら！　かれらはまさに正しいことをする！　たった一つの正しいことを！　正しいことを正しいときにしなかった人びとは死ぬしかない。かれらは速い、飛行機を予約し、ホテルの部屋を確保する、速い、速い、道をふさぐものはすべてなぎ払う！　肌にあたった光－線をかぎとることはできない、それについてのツイートくらいならできる、けれどそれよりいいのは、一番いいのは、安全を確保すること。安全、この時代の唯一の出口。安全第一。安全だけが長期的に役立つ。ついに安全が確保され、それが無条件に続くこと。ここではもはや安全への避難だけが役立つ、息子たちをみな引き連れて。すでにここに横たわるものたちは、かれらの負担になってしまう、横たわるものたちには遺伝子の問題があるから。けれどここに残るものたち、消えないものたちは、ふたたび核生産に、わたしが言いたいのは、核工場の仕事にとりかからなければならない、新しい人間たちの生産に。それもひそかに、かれらもやられることがないように、ただかれらが新しいというだけで。誰もがもちろんかれらをほしがるのだから、最新のものを！

A　第一ヴァイオリンであるわたしははじめからこう、つまりわたしは道、旋律が開く道、だが旋律はまたたく間しかわたしのもとにとどまらない、ただそこで水が生み出され、わたしのまつ毛のタービンを経て、目の循環へ導かれ、異物を撃退する。それもまた押し流される、旋律も。今は誰もなにかを聞いていない、わたしたちには互いさえ聞こえない。誰にも別の誰かのなにかが聞こえない。みながなにも聞いていない。機器たちは互いに聞き合う、わたしたちは聞いていない。わたしはなにを言いたかったのだろう。そう、わたしについてもまさにそう、けれどそうなるとわたしたちはみな感情論に戻ってしまう、感情の源はからだではない、からだの発する音たちはもうずっと聞こえない、それなのにどうして感情を察することができるだろう、いいえ、わたしたちのからだは二つの光のない。

感情の源ではない、わたしたちが奏でる第一ヴァイオリンと第二ヴァイオリンの声の源ではない、そうではなく、わたしたちのからだは伴奏。いいえ、わたしたちの伴奏でもない、わたしたちとともにからだがつねに進まなければならないのはたしかだけれど、そうではなく、からだは音楽的な意味では聞くことのできないなにかの伴奏者。からだはピアノ伴奏者、そのためにからだはわたしたちとともに来るということ以上のことをできなければならない。こうしてわたしたちは感情を涙で伴奏する、わたしたちの熱い涙で、それは冷たいところから来る、冷却循環から、そして熱くなる。なぜならその循環がもはや機能していないから。

B　わたしたちの涙が流れるとき、あの要素が本当は見つかるはずなのに、根本的なものが、そう、それもそこに住まうはずなのに。それがいつもほしがる手を出させるから。すべてが一かたまりになっている。わたしたちはわたしたち自身の唯一の備蓄。わたしたちの音たちはまだ貯蔵施設にあるのだろうか、それともわたしたちよりずっと遠くにあるなにかに向けてセットされたのか、あるいは向こう向きに並べられたのか？　なにかのせいに違いないから。それはまるで若い男の傭兵と同じ、どこにでも普遍的に使われ、何度も、何度でも使うことのできる傭兵、何千錠もバイアグラを持っていた。もたされていた、征服した土地で、負けた側の女性たちやその他の女性的なものたちをレイプするように、なんてことだろう。いいえ、なんてかわいそうな男、ということではない！　考えておこう、たくわえておこう！　それはわたしたちがもたらした生成物も同じ。わたしたちには岸辺を知らない備蓄がある、そしてわたしたちの備蓄の彼方にはさらに多くのものがある。それは果てしない、どれだけ多くの音たちがあることだろう、さらに絶えず新しい音たちが加わる、それをわたしたちは手さぐりで探している、目の見えないひとが盲導犬を探すように。その多くはわたしたちに身を委《ゆだ》ねることを拒絶する、無限に多くのものたちをわたしたちは知っているわけではまったくない、わたしたちが奏でられるものはほんのわずか、見とおしのつく程度のかたまり、けれどつねにあとから続く、うしろに続く、ここに並んで、さらに加わる、あの我慢強く、容認されただけでなく、望まれてもいた音たちが、一つひとつ片づけられていく。かれらは秩序立てて取り出される。わたしたちはつねにかれらを正しくとらえるとはかぎらない、けれどそれでもかれらはわたしたちの背後で崩壊する、それもまたわたしたちは奏でる、よくも悪くも、奏でられたものはわたしたちの背後ですぐまたほどける、そこにはもう次のものたちが並んでいる、わたしたちはかれらを楽譜に見る、それ以上にはっきりと見ることはまったくできない、白の上の黒となって、かれらは並び、待っている。かれらは押しかけてくる、かれらは互いに押し合い、ときに重音や和音となって互いにぶつかる、けれどその方向は止められない、前へ、そしてかれらは鳴り響く、そしてわたしたちはかれらを終わらせ、また次のものたちに向き合うことができる。かれらの一部はどろでよごれている、それでもわたしたちはかれらをうまく見つけられる、かれらの方がわたしたちをもみ消してしまう前に。かれらはしかし今やますます不明確になる、目の中の砂粒、まつげ、そこにある異物とは比べられない、音たちはわたしたちのからだからすべり出て行く、水のように、そしてわたしたちはそれも制御する、わたしたち自身を制御するより上手に。けれどそれがわたしたちのどんな役に立つだろう？　音たち、わたしの音たち、おまえたちはどこ？　あなたのところにはあるの、わたしにはわからない、わたしたちは音たちを奏でている、けれど音たちはどこにいるのだろう、音たちはここにいなければならないはずだから、わたしたちが奏でているときは！お願い、わたしは第二の声に過ぎない、それでも、これが音たちなの？　これが音たちということはありえない、なぜならわたしたちはかれらに触れることができない、かれらを聞きとることができない。わたしたちは弾《ひ》いている、けれどわたしたちはなにも触れない。

どんなデータベースにも、どんな指紋も残らない。わたしたちはなにものでもないものを生み出している、こんなにたくさん投資しているのに。それらはもしかすると、他のものと同じようにわたしたちの背後でほどけるのではなく、最初からほどけているのかもしれない、わたしたちの指のあいだから落ちたときに。けれどもまた、かれらはわたしたちがこの手で育てたなにかの結果なのかもしれない、わたしたちにはもう見えず、もう見たいとも思わない作用なのかもしれない。なくなったものはなくなった。なくなってしまったのはこの道ではない。

A　わたしの音たちはきっとまだいる、わたしにはわからない、どこだろう、いずれにせよわたしの役に立つものはなにもない。わたしとはなんだろう、もし伴奏がなければ？　一つのかん高い裏声、ほとんど聞こえない一つの悲鳴、それ以上のものではない、そして第一の声、つまりわたしの声のないあなたは、さらにそれ以下！　音たちは死んだの、死んでしまったの？　汚染されたの、病気なの、みずからの汚物にまみれ、みずからのゼリーの中に横たわるの？　かれらは収容してもらえるの？　あの巨大な備蓄の中から、かれらを引き上げることはできるの？　困難な救助活動。誰がわたしたちを助けてくれるだろう？

助けて！　助けて！　かれらは鯉のように飛び跳ねている！　音たちは収容されねばならない、けれどかれらは収容できるように思えない、収容できるなら、すでに誰かが道具を持って駆けつけたはずだから、そうじゃない？　この立入禁止区域では、かれらを探すことさえ禁止されている、わたしはそう聞いた。わたしたちはどうすればいいだろう？　わたしたちにはまったくわからない、聞こえなさ、という結果を見れば、わたしたちの音たちは来なかったか、出発しなかった、なぜなら過ぎ去る中でのみ音たちは聞こえただろうから、そしてそれだけでなく、どうすればわたしたち残ったものたちに音たちを聞くことができただろう？　音たちを聞いたのは、残らないものたちだっただろう。わたしたちのしたことがわたしたちから離れてゆく、そしてそうしてはじめて影響を及ぼすようになる、だからわたしたちはそこから得るものがなにもない、そうじゃない？　それともあなたは、わたしたちにだけ音たちは聞こえず、他のものたちには聞こえていると思うの？　けれどわたしたちには今のところ、どんなことについてのどんなしるしもない。わたしたちはわたしたちの音たちにそれでも笑顔を見せようとする、けれどもしかするとそれはまったく適切ではないのだろうか？　そしてわたしたちはそもそもまったく音たちを広げる、いいえ、育てるべきではないのだろうか？　ここで、とあなたは思う、かれらのうちの一人が、それは一人だったのか、今のは一人だっただろうか？　聞かれないまま沈んでいく、それとももしかするとわたしたちにだけ聞こえなかったのだろうか、小型トラックのハンドルを握ったまま、かれは肥料を取りに行くところだった、あのかわいそうな善良な音、かれが一つの音でしかないことはわたしにはどうにもできない、はかなく、消えてしまう、けれどかなりの荷を負っていた、言わせてもらえるならそう言おう、かれにはどうすることもできない、けれどわたしたちにもわからない、ほかならぬわたしたちがどうできるべきだというのだろう。その音はともかく座っていた、他のどの日とも同じように、かれのミニバンあるいはトヨタのピックアップトラックの運転席に、あらゆる戦争を勝ち抜いた利器、だからわたしたちの親戚の、以前はわたしたちによく使われていたその音は、それを中古で買った、かれの相棒を、感じのいい小型トラックを、かれはそこに庭土を載せていた、そう、あなたたちもよく聞いて！　そしてその音自身が、かれのいっぱいに荷を積んだ車とともに、流れに連れ去られた、わたしはかれを探し、生き返らせようとした、この指で、蘇生はできなかった、探すことさえできなかった。かれは本当にここにいたの？　どうしてかれはもういないの？　わたしたちよりもさきにいなくなったのだろうか、わたしたちのあとだろうか？　どこでその連鎖が中断されたのだろう？　今どこに音の遺体はあるのだろう？　誰がそれを運び去るのだろう？　誰がそもそもそれを探すだろう？　わたしたちはそこまでは引き受けられない、わたしたちはどさくさにまぎれて漁夫の利を得ようとする、いいえ、気持ちがふさぎ込む、そして気持ちが暗くて、わたしたちはもうずっと意味を見出すことができない、わたしたちは一心不乱に奏でている、けれどわたしたちには聞こえない、ここになにかが来て、また行ってしまったのか、あるいは来る前に行ってしまったのか。わたしたちに聞こえるものはなにもない、けれどわたしたちはそのことに取り組んでいる、わたしたちは今なお聞くことに取り組んでいる、奏でることにはもう十分に取り組んだ、少し我慢して、ただもう少し長くかかるかもしれない。誰かわたしたちを聞いている？　誰か一人でもわたしたちに耳をかたむけている？　わたしたちにそれがわかれば、助けになるのに！　もしかするとひとはわたしたちを意図的に聞かないのだろうか、わたしたちの音楽があることで誘い寄せられるものがないように、そうして場合によってはさらに多くのものが収容されねばならないということがないように、何千も、何万も？　たとえわたしたちの音たちがすでに避難所にいるとしても、一時的に収容されているとしても、もしかするとわたしたちとともにすでに汚染されているかもしれない、わたしたちがかれらを汚染したのだろうか、それともかれらがわたしたちを汚染したのだろうか？　いいえ、わたしたちがかれらを汚染した、なぜならかれらはわたしたちを通り抜けねばならなかったから、わたしたちがかれらを通り抜けたのではない！　そんなふうにかれらはやはりかつてここにいた、かつては完全かつ純粋に起き上がった、トラベルポーチを手に持って。そう、当時はまだ、かれらは事態を掌握していた！　どんな人間も聞いたことのなかった響きとともに、あの人間は消えた。わたしたちの音たちは毎日の弁当として人間にもたされるようになった、小さなカセットデッキで、CDプレイヤーで、MP3《エムピースリー》プレイヤーで、iPOD《アイポッド》で、音の運び手、あんなに小さく、ほとんど見えない、にもかかわらず音楽は響く、必要ならとても大きく、あのほとんど見えないものから出てくる。人間はいなくなった、音の運び手は今なお音たちを前に運ぶ、あるいは人間のあとを追って届けようとする。そしてこの音たちはきっと消えない。けれど知るということがわたしたちにはできない、わたしたちの弱い良心と、わたしたちの弱い確信ではできない。どうしてわたしたちの音たちなのだろう？どうしてわたしたちのもたらした生成物なのだろう？　どうしてほかならぬわたしたちの音たちで、別の音たちではないのだろう？　なくなった？　消えた？　そして知るということがわたしたちにはやはりできない、どこかにまだ別の音たちがあるのか、敗残兵たちが、ばらばらに散ったものたちがいるのかどうか。どうしてわたしたちがざわめきを恐れることがあるだろう、わたしたちが原因で、わたしたち自身がもたらしたものさえ、わたしたちは聞くことができないのに？　なんのざわめき？　わたしたちは臆病な家畜！　それでも恐れるものはなにもない。わたしたちが恐れるのはただ、聞くことも見ることもできないものだけ！　わたしたちは今なおなにかを生み出す、けれどそんなことをしてもどうにもならない、そうあなたたちは言うのだろうか？　ほんのわずかなものでさえ、わたしたちをこわがらせる、だがわたしたちはどこに行けばいいのだろう？　もしかするとひとがなにかを聞いているところへ行けばいいのだろうか？　それがどこなのかわからない。わたしたちはただこう言われた、かれらのうちの一人が見つかった、誰なのかわからない姿になってしまっている、それは一つの音だったのだろうか、もう見ることはできなかった、その大きさを、その価値を、その長さを、その音量を見ることはできなかった、なにも見えなかった。かれらはかれを近くの無人の建物に運び入れたという、ひとまずそこにいる、かわいそうなかれ、それでもかれと接触してはならない。けれどわたしはそう聞いたに過ぎない。そういううわさ。かれとのどんな接触も予測不能な影響をもたらしかねない。わたしたちの影響が見えないのはわたしたちだけ。他のものたちには見えているのだろう。

たぶん。

B　わたしたちの体内に高い値が計測されることを、わたしは恐れている。

A　どうして恐れるのだろう？　あなたはもうすぐ、躍動感も、品位も、自信も持てずに演奏するようになる、あなたにあなた自身がもう聞こえないというだけで。それを恐れるべきなのに！　あきらめないで！　すでに失われたものはもう失うこともできないから。あなたは逆に高まる熱意を見せた方がいい、高まる光‐線の輝きを、そう、あなたはあなた自身の影響を放射できるよう取り組んで！　きっとむくわれる！　もっと放射すれば、もっと影響を与えられる、もしかするといつか第一ヴァイオリンさえ弾けるようになるかもしれない！　そうでなければ、わたしたちはこれからは、ただの腹として、舌として、性器として見られるようになるだろう。わたしたちはこう言われるだろう、わたしたちは演奏には熱心だ、しかし行為を避けている、と。あなたも言われたくないはず、わたしたちが行為を避けているなんて？

B　どんな行為のこと？　あらゆることがとっくにやり尽くされているのに！　誰かがわたしたちのために片づけてくれた。わたしたちはとっくにすべてをあきらめた、着払いにはできないから、そしてわたしたちはもう眠っていい。そうじゃない？　湿って、冷たい、大量の音でできた宿の中に眠る、わたしたちが生み出したものたちのとなりで眠る、第二ヴァイオリンのわたしはどのみち副音に過ぎない、けれど必要、あなたのとなりに必要。けれどわたしの自治は、他のものたちが自分自身の制御を失うほどに高まる。わたしたちはもう横になる？　まだやらなければならないことがある？　ここにはもうこんなに多くのものたちが横たわっている。わたしたちもわたしたちの音たちのそばに横になる？

A　そのためにはわたしたちはただかれらをまず見つけなければならない！　あなたにはあてがある？　そしてもしわたしたちがかれらを見つけたとしても、かれらはどんな状態だろう？　それもわたしたちにはわからない。けれどかれらはわたしたちを避けているようだから、わたしたちもかれらを避けた方がいいのだろうか？　誰にわかるだろう、かれらが今どんな見た目か、わたしたちの指のあいだから、わたしたちのおもちゃの弓のあいだから去った、野生動物のように撃ち抜かれ、起き上がることもできなかった、そう、わたしたちにも逆らおうとしたのだろうか？　見つかれば、毒を抜くことができるかもしれない、けれどどの音が毒されたのか、それがもう確定できないだろう。かれらはもう顔を持たないだろう、いずれにせよ楽譜に載っていたような顔はしていないだろう。かれらはもう価値を持たないだろう、五線譜の上に場所を持たないだろう、そう、かれら、すぐそばに鍵《かぎ》も置いてあって便利だった、そして音たちは与えられるものを受け取る、皿を持って辛抱づよく待つ、一人にいちごが二つずつ、でもわたしはわたしの一人目の娘ともう一人の娘と車椅子の義理の母とそれから義理の娘ともう一人の義理の娘のためにももう二つずつもらえますか？　音たちがすでにその価値を割り当てられたのなら、どうしてわたしもそこにいないのだろう？　あらゆることをわたしたちはした、ただその鍵で立入禁止にすることだけはしなかった、いいえ、子どもたちの好きななぞなぞみたいに、鍵を閉めない鍵はなに？　動物を殺さない弓はなに？　今の子どもたちはもうそんなことは聞かれない、その代わりにこれまで以上に求められる。かれらの両親は、子どもたちに近づくためだけに、ときに超人的なことをする。けれどわたしたちはもう大きい、あるいは少なくとも大きくなろうと努力している。閉鎖的なのはわたしたちではない、わたしたちの音たちに対してはもちろん違う、正反対、わたしたちはどんなことでもする！にもかかわらず誰かがそこを閉めたか、少なくとも揺さぶったに違いない、なぜなら、わたしたちがずっと言いつづけているように、お願い、あなたたちはわたしたちを信じてほしい、わたしたちにはなにも聞こえない、かれらはだから場合によってはもう自分自身を見つけられないかもしれない、あの愚かな音たちは。わたしたちはかれらを失うことを恐れている、かれらがそもそもまだいるのか、わたしたちにはもうわからないけれど。もしわたしたちのもとへと戻るなら、音たちをもう一度演奏するために？　そこにもさらなる危険が潜んでいるだろう、わたしたちもまだ知らない危険が。かれらは今いるところにとどまった方がいいのかもしれない、あなたはそう思わない？　他方で、風に連れ去られることがないように、わたしたちがピンで留め、譜面台に固定した楽譜は、そしてわたしたちがその代わりに燃やした楽譜は、他にわたしたちに燃やすものはないのに、そう、たとえその一部にまだ価値があったとしても、それでもその楽譜はあとで燃やして、置き去りにしなければならない、もしひとが燃やし尽くされた大地を抜けて、前へ進もうとするなら、完全に消去しなければならない、そうしなければそれが世界に汚染を広げる。かれらはその毒をさらに撒き散らすかもしれない、光‐線を放つ粒子たちが、光‐線を放つ物資を分配するかもしれない。分裂することはありうるのだろうか、四分音符が二つの八分音符に、二つの八分音符が四つの十六分音符に？　そうなるとは考えられていない。いいえ。かれらはおそらくどこにでもいる、ただここは、わたしたちがかれらを生み出したここには、わたしたちは一つも見えない。かれらを必要とするとき、かれらはいない。けれどかれらはきっとどこにでもいる、どこにいるときも安全なわけではないけれど、車の中にも、旅行に向かう電車の中にも、川の中にも、河原の石の下にも、路上にも。どこにでもかれらはいる。もしかするとかれらには他のものたちが聞こえるのかもしれない、もしかすると他のものたちにはかれらが聞こえるのかもしれない、わたしたちにだけ聞こえない、わたしたちにだけ聞こえない。そしてもしわたしたちがかれらを見つけても、かれらを生み出したのはわたしたちだけれど、もしわたしたちがかれらを見つけても、もう識別子はないだろう。どの作品の音たちかさえ、わたしたちにはわからないだろう、かれらは多くの作品に、あらゆる作品にあらわれるから、何度も、何度でも、たとえば今ここにあらわれているように、そしてかれら、一つの旋律の最小の部分たちは、もう分裂できないこともある、それでも切り刻まれている！　もはや存在しないことさえある。あと一度さえも存在しない。もうただの一度でさえ。けれどそれを知ることはわたしたちにはできない。わたしたちは知らないから、わたしたちがなにを知らないか。わたしたちは出かけようか、遺体安置所を探そうか、もしかするとわたしたちのものがいくつか見つかるかもしれないから？　けれどそのときには、わたしたちは場合によってはこう言われるかもしれない、かれらを探すことはできない、かれらから出ている危険は大きすぎるから、と。まあね、けれどどうしてただわたしたちが生み出しただけのものが大きくなりすぎることがありうるだろう？　わたしには理解できない。どうしてそれがわたしたちよりもずっと大きくなりうるだろう、それはわたしたちがつくったものなのに！　わたしは、わたしたちがそれを制御できるということが、あってほしい。けれどどこから手をつければいいだろう？　音たちにはつかみどころがない、つかまえて、楽器に詰め直せるところがない！　そしてわたしたちのやり方では明らかにどうにもならない。うまくいかない。わたしたちの音たちは、つかむことのできるものではない。あれ以後は、それとも、あれ以前は？　どこでかれらはつかみようのないものになったのだろう？　道の途中のどこで？　つかみようのないものに？　どこで？　わたしは、かれらが捜索されるということが、あってほしい。けれどそれはできない、それはできない、この練習場では、ここではなにも聞こえない、もしかすると音響の問題かもしれない、もしかするとわたしたちは他のどこかで聞かれているのかもしれない！　けれどわたしたちはもう何度も試した、そして一度もなにも起きなかった。まあね、けれど海の上ではない、わたしたちは海を捜索してはならない、なぜならそこでも急激に上昇した値が計測されるから、そしてわたしたちはみずからの価値にさえ到達しない、わたしたちがその価値をわたしたち自身に定めたのに、それは紙幣がもはや定められた価値に達しないことと同じ、そう、そしてまた音符が定められた音価に達しないこととも同じ！　かれらはわたしたちのために特別に定められていたのに！　いいえ、わたしたちのために特別に定められていたのではなかった、その声は正しくない。かれらはそれでも、わたしたちがわたしたちの声で、譜面台の上で奏でたものだった、正確に、いつでも。一つの音符から、別の音符へ。だが音符ももうその音価に達しない、そして音符はそれを音に伝達する、けれど、なにもない！　なにもない。わたしたちはわたしたちにより低い値を、価値を定めるべきだった！　そうしないとわたしたちはこの値を、この価値を、遅かれ早かれわたしたちの中に取り込まねばならなくなるだろう、その値が、その価値が、もう二度と失われないように、けれどそのことを通じてわたしたちは鳴り響かなくもなるだろう、賭ける？

さて。ここからの長いパッセージは、声たちがまた分かれるまで、二つが一緒に叫ぶことが望ましい——あるいはそれぞれにテクストを分けてもよい。声たちが重なり、部分的にもはや理解不能になってもよい。

A／B　まあね、わたしたちがわたしたちの値を、価値を取り込み終えたら、もう誰もわたしたちに手をつけることはできない。そしてわたしたちは一万年、いいえ、四万年はその水準以下に下がらないだろう。わたしたちはもはやただ光 - 線を放つだけだろう、それは他のほとんどのものたちができる以上のこと！　わたしたちの骨はみな、とても似かよった構造をしている、つまりわたしたちはわたしたちが食べる動物たちにもわたしたちと同じ値を、価値を期待できる。動物たちは、音たちのように、わたしたちが奏で、もしかするとわたしたちに同化し、わたしたちになった音たち、みずからの生産者になった音たちと同じように、すすんで平和に皿や小皿に横たわるだろう、けれどかれらはまったくここに存在しないかのようになるだろう、そして生産者の中にはわたしたちの爪くらい小さなものたちもいる、わたしたちは比較的大きい、けれどその代わりおしまいだ、肉もすべてそう、草も、ほうれん草もそう、どんな音も立てず、一瞬の叫びも上げずに、埋められる、汚染された土地のもの、葉物《はもの》野菜もそう、小さな腕を高くかかげ、絶望している、食べられるためにつくられ、食べられることに適さない、腐ることはないかもしれない、けれどもう終わっている、まだ新鮮なままで。新婚のままで。そしてそのすべてが、まるでなにごとでもないかのように、そうなるだろう。もうすべてを棄てるしかない。わたしたちがわたしたち自身の音たちを棄ててしまったのだろうということはない？　それもまだ一つの可能性かもしれないけれど、もしそうならその前にわたしたちは音たちを聞きとり、拒み、処理しなければならなかったはず！　こうして今の心配はただ、音たちがわたしたちに同化し、わたしたちが音たちに同化してしまったのではないかということだけ。あらゆるものがなにもない、そうじゃない？　そう、でも心配しなくていい、あらゆるものがなにものでもない。そしてわたしたち両方とすべてのわたしたちの音たちは消えねばならないのだろうか、わたしたちはわたしたちの音たちがすでにいるところへ行かねばならないのだろうか、わたしたちはいなくならなければならないのか、向こうへ、ついになにかが聞こえるところへ。それともわたしたち自身がわたしたちの音たちになってしまい、だからこそ聞かれることがないのだろうか、なぜならわたしたちは誰にも聞こえない、もしかするとわたしたちはまったく存在しないのだろうか、わたしたちがわたしたち自身の音たちなら？　まだ子ども靴を履いている音たち、けれどまだ歩くことのできない音たち。あなたはなにか聞こえた？　わたしは聞こえない。けれどわたしは結局なにものでもないものの伴奏に過ぎない、なぜならあなたからもなにも来ない。なにもない、なにもない、なにもない。あなたとわたしの結合、わたしたち両方の、それだけではまだ到底システムが生み出されたとは言えない。第一と第二ヴァイオリン、身分の順序、明らかな、つねにそうだった、そしてそのすべてが今や解体された、身分だけでなく、順序も、ヴァイオリン計数器《ガイゲンカウンター》もうわたしたちの役には立たないだろう、とわたしは思う、わたしたちは知っているから、わたしたちは二人だけで、他にはなにもない。わたしたちくそったれヴァイオリン弾きは、今やわたしたちの意味を、わたしたちの目的を、わたしたちの生の目的を失った。けれどもしかすると生にはなんの目的もないのだろうか？　だとしたらわたしたちが正しいことになる、まさに今ここで。このままで。そして今やすべてが、聞こえないもののすべてが、つまり本当にすべてが、音もなく、叩く音も、切る音も、穴をあける音も、核融合の音もなく、わたしたちの血の中に組み込まれていくだろう。そしてそれがわたしたちの骨にいたるだろう。そうしてわたしたち自身が頭に血がのぼるほど神経にさわる存在になる。まだそうなっていないのは、わたしたちにわたしたちが聞こえないから。わたしたちはみなすべてをともに受けいれる、ここにあるものを。わたしたちはサインのコレクターさえ受けいれる、かれらはやって来た、わたしたちがスターだと勘違いして。けれどそれはただ偶然同じ空間だったに過ぎない、そしてわたしたちは、もしもそれに類するものだとすれば、せいぜいスターのなりかけだった、スターになるところだった、本当はまだ理解されていなかった。かれらはわたしたちのことを聞いたことがなかったけれど、それでも見てくれた、それどころかわたしたちはかれらが見たもののすべてでもあった、まあ、今はサインを集める方がきのこや野いちごを集めるよりもいい！　それだけでかれらには十分だった、コレクターたちには、かれらには十分だった、とにかくここに誰かがいただけで。スターのいるところにはコレクターが来る、遺体収容人ではなく、音の収集家ではなく、ただのコレクター。グルメではなくコレクター。かれらはスーパースターを探している、そしてわたしたちの運が悪ければ、かれらはわたしたちがそうだと思う。サインの時間。まさに今が！　わたしたち二人だけが他のすべてのものたちの中で唯一残った、そこでかれらは思う、他に誰も、なにも見えないから、わたしたちがスターだと、ただ偶然まだ誰も聞いたことがないだけなのだと。かれらは思う、わたしたちが勝ったのだと、なぜなら他に誰もいないから、やはり聞いたことのないものが、こちらは偶然ではない。そう。他にもう誰もいないから。わたしたちの音は聞こえない、それでもかれらは信じる、わたしたちが、他ならぬわたしたちがスターだと！　そしてわたしたちのもとへ押し寄せようとする、わたしたち、唯一残ったものたちへと、そのいきおいは圧倒的で、けれどあいにくわたしたちの方がまず圧倒的にやられるだろう、ただわたしにはわからない、かれらはみな一体どこから来るのだろう、もうわたしたち二人しかいないのに？　それをわたしたちは知ることができない、そのことをわたしたちはもう言った、いずれにせよ殺到して、もしわたしたちがまだ存在するなら、唯一なら、パニックが起きるだろう。なにものでもないものが原因のパニック。絶対的になにものでもないものが原因の。わたしたちが原因の。なにものでもないものが原因の。にもかかわらずパニック。なにも出せず、なにも聞くことのできない音楽家たちが原因の集団パニック！　いいえ、かれらは別の音楽家たちのことを言っていた、別のものたちのことを言っていたに違いない、こう、歌手と一緒に舞台に上がるようなものたちのことを。やかましく騒ぐ子どもたちと一緒に、また別の叫んでばかりの子どもたちと一緒に、教養ある親や教養ない親の子弟と一緒に、かれらは小さな保育器の中から、いいえ、小さな胸から信じられない声量を引きずり出す。信じがたい、そんなふうには聞いたことのなかった音たちが、子ども靴を吹き飛ばす、けれど子どもはそれを履いたまま残る、粗けずりな歩行実習生、歩行訓練生、よろめきながらこちらへ来る、手を差し伸べ、その遠足を少し手伝おうとすると。かれらは鏡の前で長いあいだ練習した、そして今やひとは、かれらとかれらの実に不器用に演じられる情熱に夢中になる、その情熱がなんなのか、かれら自身もまだまったく知ることがない。かれらは腕を高くかかげる、まるでそこに家を建てることができるかのように。まるで興味深いなにかをすることのできる力があるかのように。かれらはみな一体どこから来るのだろう？　他のときにかれらを見ることはやはりない、なぜなら純粋な好奇心でかれらはその子ども部屋から出てくるのではない！　まあ、どこかしらからかれらは来たに違いない。ばかばかしい！　しかしそれでもパニックを引き起こす、少なくともほどほどのパニックを。小さなパニック、基準値のパニックに比べれば、わたしが言いたいのは、集団パニックに比べれば。わたしたちとは誰だろう？　一体わたしたちとは誰なのだろう？　誰でもないものたち。なんのためにわたしたちはあんなに長いあいだ訓練したのだろう、さまざまな現象に振り回され、わたしたちが今や完全に覆い隠されてしまうなら、まるで木々の背後にいるかのように？　けれど一つの無もパニックを引き起こしうる、そのための参加者が十分に残っていれば。少なくとも三名が骨折！　誰が今さら数えなおすだろう！　わたしたちのために！　いいえ、わたしたちのためではない、わたしたちは数に入らないから、けれど音楽と、ここでわめいている甘やかされたものたちのため、子どものように夢中になっているものたちのため、かれらはさっき急いで名誉とコーラを混ぜて飲み干した、せめてなにかが正しいところに入っていくように、そしてかれらとわたしたちをこの巨大な音楽の全体が切り離す、二つの大洋は縫い合わされる、少なくとも、そうなればわたしたちはあの目立ちたがり屋たちをせめてなんらかのかたちでありがたいと思うかもしれない。やめて、響きのかたまりが来る！　かれらが来る、かれらが来る！　わたしたちの多くの若いファンたちが押し合う、ただわたしたちのために！　いいえ、そうではない。扉にはすべて鍵がかかっているかもしれない、なぜならひどく押し寄せるから、しかもわたしたちの演奏の、上演の前から、お願い、わたしたちに自己紹介をさせて、けれどそこまではまったく行けないだろう、この民間の放送局は、わたしたちはこの事業者のために演奏する、最大五千人を見込んでいた、けれどずっと多いだろう、見渡すことができないほど多い！　ここから音楽が発送される、待って！　まだ宛先が書かれていない！　ファンは圧倒的に女性ばかり、かのじょたちはもっともあつかましいから、その多くはどろどろになった丸パンをつけて飛びついていく（女は誰でも自分の丸パンをつけている、けれど自動車はまだ誰でも持っているわけではない！）、かのじょたちはその丸パンをあわれな小さなソーセージには近づけず、代わりにしかし増幅器《アンプ》を追加でかませて準備しているらしい、すぐに、初めて目と目が触れたら、電流がまさに流れはじめたら、飛びつけるように、この音のないものたちに、害のないものたちに、力を持たないものたちに、それがわたしたち、今はまだ名前がない、けれどすぐにsent《セント》 by《バイ》 my《マイ》 iPhone《アイフォーン》の写真と動画付きになる（合理性も多くのものからなる一つのシステムに過ぎない、このプロバイダーも多くのプロバイダーの一つに過ぎず、どんなプロバイダーもつねにわたしのプロバイダーより安い）、わたしたちは位置につくために演奏した、いいえ、演奏のために位置についたところだった。そう、そうだった、わたしたち二人は！　それともあなたたちはここに他の誰が見えるだろう？　恐ろしい、いつもこの目、この口、この声、この髪！　いつも同じ、ただ変わるだけ！　けれど、いいえ、わたしたちのことが思われているわけでもまったくない！　かれらは本当にそれほど思いやりがなく、わたしたちのことを思っていなかったのだろうか？　それともやはりわたしたちのことを思っただろうか？　わたしたちはそれを信じることができない！　かれらはわたしたちのことを思っているに違いない！　他に一体誰がいるだろう？　ここには他に誰もいないのだから。そして現実が制御可能になるためには、ここに誰かがいなければならない、そうでなければなにもない、なぜならシステムがなければ、たとえそれがいまだに論理の通らないシステムだったとしても(そして他ならぬわたしたちにサインを求めることほど論理の通らないことはない!)、複雑で、あるいは奇妙なほどそれ自体の中で一貫していないとしても、そしてわたしたちの扱いに理解がないとしても、システムがなければわたしたちは即興しなければならなくなる、わたしたちしかわからないものをつくるしかなくなる、他には誰もわからない、音たちの混沌《カオス》、どんな音でもかまわない、わたしたちには聞こえないから、わたしたちがつくるのでもない、そしてこの混沌と無意味が混じり合い、限界を知らないあらゆる技術的な再生産の可能性と結びつくだろう、どんな無も恣意的に反復し、繰り返し取り出すことができるから、残るのは一つの無だけだろう、けれどそれを機械技術で繰り返し反復できるだろう、反復可能な混沌、そしてもはやわからないだろう、その混沌がまだ続いているのか、それとももう別の混沌か、即興がうまくいくと極度に長持ちすることがある、そう、つまりそのときわたしたちはただ即興しなければならなくなるだろう、そして技術はそれも再生産しなければならなくなるだろう、するとわたしたちはまた新たに生産するだろう、技術はもう待機している、技術はわたしたちの手からそれをひったくる、技術はあらゆるものを奪うから、事前に見定めることはない、技術はかまうことがない、技術は反復する、わたしたちが投げつけたものを、わたしたちが提出したものを、そして技術はなにか別のものを再生産する、それはしかし以前と同じものだろう、技術はかまわない、なにを反復しようと、あらゆるものが同じになるまで、完全に同じになるまで、同一になるまで、一つでありかつ同一になるまで。そしてそんなふうにかれらはみな同時に金切り声をあげてわたしたちに飛びかかる、わたしたちはどうすることもできない、わたしたちはなにもしなかった、わたしたちはなにかをしたかった、けれどそのときはなにも出てこなかった、どんな音も、もしかすると一つは出たかもしれない、そうかもしれない、けれど全体がパニックだったから誰にもそれがわからなかった、誰もそれに気づかなかった、気づいていたらかれらもサインを頼んだかもしれない、かれに、唯一聞きとることのできた（そして身元を確認できた、なぜなら他の音たちは残念ながらすべて違っていた！）音に、一つだけ通り抜けた、かれらはわたしたちのもとから抜け出たその唯一の音を、わたしが思うに二点嬰ト《えいと》、わたしたちはそれを一度しか弾《ひ》かなかったけれど、その音をかれらは囲んでサインを求めただろう、そしてむしろこの一つの音の方が死んでしまっていただろう、数千人のファンたちの願いが叶わなかったというよりも、わたしを信じて！　いいえ、むしろあなたがわたしを信じて！　いいえ、あなたがわたしを！　あなたはわたしを信じて、わたしがあなたを信じるように！　それができたらよかったのに。わたしたちは中止にせざるをえない、わたしたちが考えていたよりも多くのものたちが来たから。医療用テントの応急手当、軽傷、包帯、消防、警察、救助、けれどわたしたちの音たちを、そのためにかれらは急いで来たはずなのに、わたしたちの音たちを世話するものは、当然誰もいないだろう。

A　こうなってしまったことを、わたしたちはひどく残念に思う、けれどわたしたちにはどうすることもできない。わたしたちは考えよう、どうすればわたしたちは、サインがほしくて互いに踏みつけあったあの負傷者たちを和解させられるだろう、かれら同士を和解させ、わたしたちとのあいだを和解させられるだろう。どうすればわたしたちはかれらをなぐさめられるだろう。近ごろの人気シリーズはシーズンごとに進む、もうシーズン8、わたしたちだけをそれは追いかける、それはわたしたちを追う、わたしたちをつかまえようと、わたしたち、そのためにかれらが互いに殴り合ったわたしたち、地上の最後の音楽家たち、いいえ、たぶん最後ではない、最後の一人ということは決してない、ただ他に誰も見えないというだけで、他のどこかにまだ何人か残っているだろう、もしかするとかれらを聞くことさえあるかもしれない！　だからシーズンが流れ、シーズンが替わり、シーズンが吐き出す、今はもうシーズン8？　どうでもいい！　なに？　どうでもいい！　それがなに？　ともにする夕食、共同の聖餐式、それも一種の白パン、ただ別の種類、キリスト教の聖体拝領《コミュニオン》のときのような、わたしたちはみなあらゆるものをまったくそのまま受けいれる、貪欲《どんよく》に、休むことなく、スターたちがするあらゆることを、まあどうでもいい、それがわたしたちでなければ、他のものたちなら、それはどうでもいい、そしてそれがもしかすると血を流し、血をしたたらせる肉体、神の聖体でさえあるのだろうか？　そう、そうかもしれない、ただそのからだは見えない、わたしたちの音たちが聞こえないのと同じように。

B　わたしはもう何度もそう言った、けれどももしかするとその声が正しいの？　もしかするとわたしたちは別のどこかで聞かれているのかもしれない、ひとが見ることを拒み、しかし聞くことは拒絶しないようなどこかで？　わかっている、この考えをわたしはもう何度も検討した、にもかかわらず惹きつけられないわけではない。このオーディション番組の結果を見れば、そこにわたしたちもわざわざ参加してしまったらしい、なにも知らずに、もうなにも証明しなければならないことなどないのに、しかも他の参加者はいないのに、そしてわたしたちももう落とされた、その番組からわたしたちにはわかる、誰かがわたしたちのなにかを聞いていたに違いない。以前は。わたしたちの音たちは、わたしたちの知らないうちに別のどこかに出演し、そこでファンを見つけたのだろうか？　それともこのすべてが別の誰かのファンなのか、その音たちをまだ聞くことができたかもしれない誰かの？　見当もつかない。いずれにしても十四人の若い音楽ファンが病院に搬送されなければならない。けれどかれらが目立つことはない、すでに全住民が病院にいるようなものだから。シーツのないマットレスだけの簡易ベッドへ押し寄せる、ぼろ切れの布団、身につけるものは紙。そして多くのものたちは誰なのかもうまったくわからない。もしかするとわたしたちの音たちもかれらのあいだにいるのだろうか？　聴衆のあいだに隠れているのか？　かれらの中ではなく、かれらのあいだに？　こんなに多い！　数え切れないほど多い！　たぶんわたしたちの音たちはこの場所に入って行ったのだろう、そこでは生者と死者を、つまり音の運び手たちを、それを人間たちは首にかけている、音たちそのものと同じように、もはや互いに切り離すことができない。

A　誰かいるの？　あなたたちにはなにか聞こえる？　わたしたちにとっては問題になる

かもしれない、もしあなたたちにもなにも聞こえないのなら！　あなたたちは、気づかないうちにもうあなたたちの肉の中に貯め込まれたものさえ聞こえないの？　あなたたちにはまったくなにも聞こえないの？　あなたたちは放射線を、つまり光‐線を計測することができる、けれど見ることはできないの？　あなたたちは音を計測することができる、けれど聞くことができないの？　そんなのなにかがおかしい。自分をかえりみてほしい、ただの臆病ではないのかどうか！　あなたたちはかえりみたことがあるだろうか、どうしてこんなに多くのものたちが底なしにののしっているのだろう、なにがわたしたちをこんなにもたくさんの光‐線を放つようにさせるのだろう？　あなたたちはなにか見つけた？　それはあなたたちが見つけたもの？

B　今わたしに聞こえたのは笛の音？　まさか、笛の音がわたしに聞こえたはずがない、わたしにはわたし自身が響きをつかもうとして、音に触れようとしても、それさえ聞こえないのに。ありえない。誰かがここであらゆるものを飲み込んでいる。感情のリセットがはじまったはずがない、いいえ、もしそうならわたしたちにも伝えられたはずだから。再起動？　目、涙、消えて、早く、異物も、感情も、どうでもいい、涙が流れる！　わたしたちはきよめの過程を求める、それは本来、排除の過程でもある、そうだろう。わたしたちはここにあるなにかがなくなってほしい。そしてそれはもうわたしたちの音楽に起きたこと。

A　そう、ここにあるものがなくなればいい、まさにそれがきよめと呼ばれることだから！　涙よ、きよめて、さあ！　わたしたちはみなきよめられたい、そう、わたしたちの光線からも。清潔がほしい、今こそ！　どこに光り輝く水の流れがあるのだろう、わたしたちの音楽を解体し、わたしたちを確定し、わたしたちを除染し、わたしたちを結合する水の流れが？　つまりわたしたちを終わらせること……。

B　わたしたちが服を着ていれば、あとで見つけることは難しくなるだろう。事実。わたしたちを救い出し、揺りかごに眠るわたしたちを昼も夜も守る腕はない。驚愕がかれらを襲うだろう、わたしたちを見つけてくれるものたちを。わたしたちが服を着ていれば、わたしたちはこの根本問題に直面する、とはいえすぐに底へ沈められてしまう、わたしたちが服を着ていれば、わたしたちは以下のことが起きると言おう、つまり、水中に漂うわたしたちを見つけるチャンスはとても大きくはないだろう。原則として水中の物体は底へ向かって沈んでいく、それは一つの鉄則。この規則があてはまると信じていい、わたしたちが楽器を調律しなければならないことと同じように、それどころかそれよりもさらに精確に、なぜならすべては自然なのだから！　規則は言う、まだわたしたちは保たれている、わたしたちの見ることはできないが見事な響きをつねに調べ、称賛してきた、なんらかの父の望みによって。まだわたしたちは保たれている、けれどなにかがもう忍び込んだ、わたしたちの内部の丸天井が引き寄せた、その獣《けもの》を。欲望ではちきれんばかりの、死んだ動物のようなわたしたち、見えないものを使うためのうつわ、つまり、わたしが言おうとしたのは、見えないものの方がわたしたちを必要とし、わたしたちを使う、その逆ではなく。

A　わたしたちは動物にもっとも似ているものになる、わたしたちがはだかのときに、ただ、それならわたしたちにある、この音を鳴り響かせるものはなんだろう、本当にわたしたちにはもうなにもないのだろうか？　今度はわたしたちの番だ！　どうでもいい。この水が特別に冷たいのだろうか、それともわたしたちがとても深いところにいるのだろうか、まあ水深二〇メートル以下とすれば、最低でも、冷たさのためにもはやメタンガスは発生せず、つまりわたしたちのからだは海面に浮上しない。

B　わたしは聞いたことがある、ぬるい水や浅い水では数日でわたしたちのからだは浮上することがある、それからわたしたちは、二、三日は上にとどまり、腐臭を放って、最終的に沈む。そうわたしは聞いた。わたしは繰り返して言おう、わたしたちにあるこの音を鳴り響かせるものはなんだろう？　ここになにかがあったのだろうか？　内部か外部が？　それともそれは外から来てわたしたちの内部に入るのだろうか？　危険はどこから来るのだろう？　この場合、なにかに乗ることが危険なのではない。歩くことでもない。けれど確実に外から来る、それはたしかなこと。危険がわたしたちに由来するはずはない。わたしたちはここに座り、奏でている、他にはなにもない、そしてなにも聞こえない。それはまるでコンピュータゲームのよう、わたしたちはゲームのときほど路上で暴走することはない。一方では現実的なリスクが最小化され、他方ではそのリスクがそれでも著しく危険に見えるとき、わたしたちは感じる、なぜならそれはただモニター上で生じるにすぎないから（目をそらさないで！　ジョイスティックを握る手にはなにも起きないから、まったくなにも、手はもうどうすればいいかわかっている！　そのほとんど夢遊病的な動きはもう一つのアプローチ、別の楽器の鳴らし方、同時にわたしたちの方もリスクを最小化しておかなければならない、他になにも起きないように、いずれにしても深刻なことはなにも、それ以上にならないように、つまりそれ以下にならなければならない、それがなんであれ)、つまりこのリスクという愚かなものがようやく最小化されたとき、なぜならそれ以上はもはやありえないから、そのときこそわたしたちは感じる、最大の楽しみを、まるでゲームのように、わたしたちはプレイする、ふっ飛ばされ、他のものたちをふっ飛ばし、わたしたちは涙が出るほど笑う、なぜならそこに深刻なものはなにもなかったのだから、いいえ、わたしは笑いについてなにを言いたかったのだろう、制御できず、意志のないその過程について? わたしは忘れてしまった。

B　そしてあなたはなにを言おうとしたのだろう、わたしたちがどこへ進めばいいと? からだを衣服で包んだわたしたちは、どこでもない場所へと進む、なぜならそのときわたしたちはまったく特別に見つからなくなるだろうから、濡れた衣服がわたしたちのからだを底へと押し付けるだろうから。そこでわたしたちは、堆積物たちと、植物たちと、その他の愛らしくもない物体たちのただ中で、音響測深器と水中カメラを使っても見つからなくなるだろう。

A　けれど水は熱いだろう！

B　そうかもしれない、だが水の違いは外見ではわからないだろう、わたしたちの違いはわかるだろう。

A　つまり、半径三〇キロ圏内でわたしたちを捜索することは、そもそもできないだろう、わたしたちに強力な釘を打ち付けて、それからわたしたちを見つけるための磁石を飛ばすとしてさえも。探していないものは見つけることもできない。わたしたちの音楽はもうなくなった、もうすぐわたしたちもいなくなる。わたしたちのなにが今なお響いているかもしれないのだろう、ヴァイオリンは響かないのに？　もう誰も食べてはいけない牛たちの脊椎骨《せきついこつ》が響いている？　避けねばならなくなるだろう亀の甲羅が響いている？　わたしたちの弦は巻きつけた腸でできている、そのとなりでわたしたちのはらわたがもうすぐただのどろになる？　ゴミの詰まった空洞に？　この渦巻き、糸巻きでわたしたちは調律するのだろうか、もうなに一つ正しい声などないのに？　誰かがわたしたちに結びつけた結び目？　なにが？

B　わたしたちはもう一度体験することがあるだろうか、音がいっぱいに響いて、この場所から上がっていくことを？　大地の子らの顔が光‐線を放ち、今や音から花開くことを？　もう見ることも、救い出すこともできないかれらが戻ってくることを？　けれどわたしたちをこの道に導いた行為は、けれどわたしたちがしたのではない、他のものたちがした、わたしたちではない、わたしたちではない、それが誰であったとしても、そのかれがここで詐欺をはたらいた、それは誰、誰？　その行為が今や事実になった、生み出されたのはもうずっと昔、ある洞窟の中でのこと、それが今では快適な部屋になった、そこで光が燃えている。だからそこがからっぽということはありえない。だがここには誰もいない、電源を入れたものがいない。誰かがそこにいることは決してない。かれらしか人さらいはいない！　それが誰であろうと！　かれら！　かれら！　そう、そのとおり、かれら！

A　だがだからといってわたしたちが激怒したり、不機嫌にならないように。たとえわたしたちの捜索がなされないとしても。わたしたちは惜しまれないだろうから、なぜならわたしたちの音たちはもうずっと受けいれられていない、あの体育館でも、あの公民館でも、あの劇場でも。そしてわたしたちは他になにがうまくできるだろう？　つまり、わたしたちは他になんの役に立つだろう？　けれどわたしたちはうまくできなかった、役に立たなかった。わたしたちは無駄。なにかがわたしたちに光‐線を浴びせ過ぎた、けれど今度はサインのコレクターは来なかった、光‐線を放つもののもとへは誰も来ない。正反対だ。

B　わたしたちを探すことが、無責任ということになる、そしてさらに無責任なのは、わたしたちの光‐線を放つからだを陸へと戻すこと。わたしたちはこの区域の中の二人に過ぎない、少なくともさらに千人は他のものたちがいるだろう。多数のうち二人の演奏者、見えざる手に動かされた、演奏するものが本当は演奏されたものだった、しかも聞くことはできない。

A　けれど他になにがまだ聞こえるだろう？　わたしたちはかつては演奏したのに！　今

やわたしたちは聴衆と観客の身分に制限された、決してなりたくなかったものに。わたしには作業員たちが聞こえる、なにかをしようとしている、もう何日も、けれどなにかがうまくいかない。ああ、ようやくうまくいった！　わたしには見える、ついにうまくいった。わたしたちの声門《せいもん》は閉じている。わたしたちの詩人たちは声を合わせる。

B　あなたはどう思うだろう、どこかの誰かが、わたしたちの音たちが制御されずに環境の中へ出ていくことを防いだのだろうか、そしてわたしたち自身が環境の中へ出ていくことを防いだのか？　わたしたちが最後なのだろうか？　もしそうなら光を消して！

A　あなたは光がどこから来ると思っているの？　光がひとりでに生まれると思っているの？　光は母の家を出たところで盗まれ、自然から奪われたと思っているの？　光がたんに産み落とされ、育てられて、それからただなんとなくわたしたちのもとでからっぽの電球の中に暮らしていると思っているの？

B　光のことはわからない。けれどわたしには光が見えない。どんな光もここにはない。

もっと光を、なんて求められない、どんな光もここにはない。光は子どものままだったのかもしれない、あまりに弱く、立ち上がることができず、服を着ることができない、光が底へ沈んでしまえば、それでも見つけやすくはあるだろう、かわいそうな、小さな、はだかの光。

A　わたしにはそれが見えない、光が。わたしにはその果てに光が浮かぶようなトンネルさえ見えない。もしかするとわたしたちはトンネルを掘るべきなのだろうか、その果てに光が見えるように？

B　わたしたち自身が光‐線を放てばいい！　想像して！　わたしはあなたにそう言ったはず！　それでもわたしたちは聞かれないだろう、わたしたちは聞こえない以下になるだろう、もしそれがそもそも可能なら、けれどわたしたちは光‐線を放つだろう。わたしたちは光を与えられるようになるだろう！　わたしたちは青い光を分離するだろう！　すごいじゃないか！　もしかすると意味もなく演奏するよりいいのかもしれない。わたしたちが演奏してあげられる相手は、ここには誰もいないから。

A　わたしたちは誇らしさにはちきれんばかりになって光‐線を放つだろう、頬《ほほ》を赤らめて。あなたがそう言うならそうなのだろう！　わたしたちは真の光‐線を放つだろう！わたしたちは光‐線を放つ以外にどうしようもないだろう、わたしたちの力でさえないだろう、光‐線を放つことは、そのときわたしたちはたんに光‐線を放つだろう、わたしたちは他になにもできないから、なぜならわたしたちはそれを持つから、わたしたちはそれをわたしたちの中に持っているだろうから、まるでくすぐり合いのように、くすぐられたら抵抗できない、突然、まるで誰かがわたしたちのもとへ持ち込んだ戦争のように、笑いがはじまり、静めることができない。

B　静めることのできるものはなにもない。今から静めることのできるものはなに一つない、あるとしたら、母のもとから盗むことによってだけ。そしてもしなにかが盗まれたら、たとえば母のミルクが、そのときは恵まれないものたちを調べればいい、かれらが飲んだのではないか、考えることの不可能な種類の、光り輝くミルクを！　調べてみて、そうすれば見つかる！　あらゆるものを裏返して、そう、あなた自身も、第一ヴァイオリンの光のない。

あなたほどそれにふさわしい人はいない！　盗んだ人の出身地を調べて！　金持ちは盗まないだろう。金持ちはあなたに毒を与え、感染させ、放射能で汚染するだろう、けれど盗むことはしないだろう、反対に、金持ちはなにかを与えるだろう。金持ちはあなたに光を与えるだろう。けれどすぐにあなたは光に依存するようになるだろう、そう！　あなたが光‐線を放つようになるだろう！　あなた自身が光を与えるようになるだろう、母がミルクを与えるように！

A　そう、わたしたちは同時に光の子となり親となるだろう。光‐線を放ちながら、ぼやけた電球のように頭が鈍くなる。あの子どもが泥棒？　もう二度と繰り返さないで。わたしたちは同時に子となり母となるだろう。わたしたちは光を与え、同時に光を使うだろう。わたしたちは子どもたち、内部に閉じ込められている、光の漏れるドアのすき間からなにかを差し出す、そしてそのとき気づく、わたしたちからこの光が生まれている！　外にいるものたちはそのことにこれから気づくだろう。

B　わたしたちは光。お願いだからわたしたちを外へ出して、もしきみたちにできるなら！

この中の、深いところにいるから。光？　わたしたちはここ！　おーい！　おーい！　わたしたちはなんだったのだろう、わたしたちはなにを言ったのだろう？

A　つまり、わたしたちはなにかを与えるものたちを助ける、そしてわたしたち自身もそれを与える。朝の光のミルク。晩の光のなにかしらの飲み物。どこでも歓迎される！　わたしたち自身がそれ、その光、わたしたちは光をつくる、そしてわたしたちが光！　そしてわたしたちは乳牛に乳を与えて助け、光を与えて助ける、わたしたちは家畜小屋に射し込む光、わたしたちは光－線を放つ裂け目、わたしたちはドアのすき間、わたしたちはなにかを分裂させた、そして今やわたしたちはその亀裂から射し込む光、そう、わたしは満たす……わたしは満たす……なにを？

B　わたしは伴奏する、それが誰であれ。わたしは伴奏する、満たされたものを、そしてわたし自身が満たす、わたしはわたしの伴奏者としての声部《パート》を満たす、わたしは光を外へと伴奏する。その対価？　そうすればわたしたちは、未来において自由な人びとになれるはず、そうじゃない？

A　縮む。曲がる。なにが？

B　判決がほしい。あなたたちの判決がほしい！

おもに　ソポクレース：イクネウタイ

ルネ・ジラール：現実的《リアル》なものの知られざる声

二〇一一年一二月二一日

エピローグ？

EPILOG? (2012)

哀しむ女。かのじょはしたいことをできる——

真実の言葉は一つとして、言われないままにはしなかった、とかれらは言う、かれらが見たはずはない。目撃証人としてわたしは言う、真実の言葉はどれも、言われないままになっている。プールの水は足りてない、もういい！　わたしたちの運命は他の誰でもないわたしたちだけのもの、だがプールのあの水は、そう、金《かね》の音を鳴らす棒は焼けたまま、多くの人間が焼け出されたように、だが活発な活動は止まない、ひどく加熱され燃えている、わたしたちの都市の近く、わたしたちは一見無傷《むきず》な家畜、あの水がわたしたちの運命をもたらすだろう。わたしたちはそれをつかめないだろう。わたしたちのまわりには水しかない、だがそれはまた別の水。さまざまな水！　ともに連れ立ってこの道を、水たちは来た、だがある種の水は虐待され、別の水はわたしたちを虐待し、また別の水はただそこにある。なにが来る。あれが来る。わたしたちはもう知っている、それがなんだったか、どれくらいの量だったか。だがどうすればいい、今ここにあるもののなかで。今ここにあるあらゆるもののなかで。なぜなら、わたしたちの前にあったのは、臆面もなく、だが真の姿で、わたしたちに課せられるのは、わたしたちに関わること。だがわたしたちはそれをつかめない。水は誰にもつかめない。長くは！　誰にも容器の水は扱えない。盲者のようにわたしたちは、道しるべを読むことができず、道を外れる。わたしたちは発送された、宛先なく。誰もこれを願ってはいなかった、そんなことは容易に言える。地震、嵐、倒壊、ここまで、こんなに遠くまで、あんなに高く、あんなに深く、定められたその宿命から、恐ろしい物質たち、素材と無関係の物質、悪しき物質で織られたネッソスの服が溢《あふ》れ出た、その燃料は、未来にも殺す力を失わないだろう、お望みなら今すぐ殺す。まだ熱いうちにわたしたちの手から食べることもできる。そうした物質のこと、またそのためにわたしたちがどうなるかは、語られていない、服が人をつくるのに。この宿命から解放された者はいない。わたしたちはみな従う。不安に従う。起きたこと——誰も願ってはいなかった。もちろん。

だが言われることは、願われたこと。願いを言うことは誰でもできる、二度と家に戻れなくても。人間たち、かれらはなだめればいい、なぐさめなくていい、なだめればいい。誰もなにも知らないだろう。たとえ死体を見つけても、なにも知ることができないだろう、なぜなら誰も手に血をつけてない、あたりはまったく静かになる、過ぎ去れば、しかも知ることはできないだろう、叫びが止《や》んだから静かになったのか、違うのか。人間は反応する、物質は互いに反応する、海は反応する、また独力で統治する、陸がはじめた、陸は震える、だが不安だからではない。わたしたちはみな五年ごとに検査を受けねばならないだろう、いいえ、みなが五年間ずっとではなく、一人ずつ、五年ごとに、さあもう今から列に並ばなければ！　わたしたち人間はまだ多すぎる、だから、わたしたちはわたしたちを先回りするだろう、わたしたちはこの検査だけを見て生きねばならなくなるだろう。それは起きたのだろう、起きたのだから、ただ証明はできないだろう。あなたは思う、わたしたちが存在と呼ぶこのなにかは証明できると、だが実際には、それはわたしたちの生！　そしてわたしたちは、わたしたちが生きていることを証明せずとも確信している、そうしていると確信している。生きている。わたしたちは今後、繰り返し証明しなければならないだろう、わたしたちが存在し、健康であることを、つまり、わたしたちはわたしたち自身の存在と存続をまず証明してもらわねばならなくなる、だがわたしたちは機械を信じないだろう。わたしたちでは足りないのか。わたしたちだけではわたしたちの証明として足りないのか。わたしたちは存在証明の概念から独立した存在概念を持たない、そしてわたしたちの存在証明は、これ以降、つねに未来へ投げ出され、わたしたちは医者と医療機器にかからなければならない。それは起こった。繰り返すかもしれない、起こったのだから、なぜなら悪しき行ないはまだ養われている、もともと善をなすものではなかったかのように、燃料をわたしたちに投げつける。いつかそれらは解体される、なぜならみずからの、もっとも内部の本質を棄《す》てたから、もう核がない。どうすればいい、光をつくる物質が無駄にされた、わたしたちのために。浪費だったのか。善ではなく。今わたしはこれまでよりよく見える、だがよく見えても明るくない。しかも実際はなにも見えない。明るい？明るさという言葉は二度と口にしてはならない、その言葉には添加物が含まれる、わたしたちが死に近づかないよう、死に加味される不純物、明るさという言葉の性質は永久に変わった。死はこうしたすべてになにを言うだろう。あなたはわたしに呼びかけないで、わたしがあなたに呼びかける！　逆にひとは死になにを言うだろう、わたしたちみなをここまで過剰に苦しめる死に。執拗なあの男に。わたしたちはもう知っている、死はいたるところに入り込む、探しものがなくとも見つけ出す。あれがかつて人間だったと、どうすれば証明できるだろう。保存しなければならない、いつかわかる。あの人間たちはみなミイラにすればいいのかもしれない、もし見つかれば！ そうすればかれらは以前のまま、ただ死んでいる。凍《い》てつく風が棄てられた街を吹き抜ける。一羽のダチョウが走る、わたしはそれを見た、テレビで！ あちらに一頭の牛、向こうに身を寄せ合った三匹の犬。そう、猫もいたかもしれない。かれらはかつて、自由な時間になにをしていたのだろう。

真実はまっすぐ外に出た、そう、真実は今出て行った、ついさっき、待てば会えたのに、だがつまり、真実は戻るだろう。真実は少し外出しただけ。わたしたちはまた会える。わたしたちは真実が口にされるときに備えるだろう。まだ口にされてない、まだまったく信用できない、真実の結果も存在しないかのよう、真実に従う者はいないかのよう。わたしたちだけが真実を追う。わたしたちになにが残っただろう。わたしたちの苦しみを泣くこと、だがそれは見えない。たとえばわたし。わたしは毎日犬たちに餌をやりに行く。他に世話する者はいない。わたしは普段着では行かない、着飾る、細身のジーンズに先の尖ったエナメル靴、ときにはハイヒール。自分自身を見なければならない、もう誰も見てくれないから。そのために身なりを整える。あの美容師も逃げた。いい美容室だった、首都にあってもおかしくなかった。美容室は今もある、中はからっぽ。誰の役にも立たないだろう、わたしが身に付けるものがなにか別のもの、別の靴、安く快適な靴、別の運命、快適な運命でも。頭に載せるのが伸びた髪でなくとも。かれらは残るしかない、犬たちは、もうなにもない場所に。だが以前から、わたしたちにとってなにより大切なものは目に見えなかった。今やわたしたちはそれを知っている、だがかれらはあの頃それをわたしたちに言うべきだった、わたしたちはそれを見なかった。それだけになお、考えるとはただの幸福以上のもの。ああ、来るがいい、ああ、来るがいい！　ここにはもう誰もいない、おまえたちはこれを見たかったのだろう！　おまえたちはみな、なにもないことを、親切だが内面はうつろで、持っていたものすべてを無駄にした誰でもない者を見たかったのだろう、だがそのためにもわたしたちは光を必要とする。わたしたちは光について多くを聞いた、だが光はどこから来るのだろう。陽《ひ》の光は料金がかからない、見えない道連れとなってわたしたちについて来る、どこへでも。だがアイロンをかけ、テレビを見ようとすると、光はひどく苦しむ、見ていられない、突然減る、うめき、引きずられて、光は機器へと進む、技術の中へ入る、進む、進む、ほとんど息もできない、だがわたしたちに必死について来る、忠実に、かつてのわたしの犬たちのように。光はわたしたちを離れられない、わたしたちが光を連れ出したから。光はいつかわたしたちを引き連れるようになるとは考えもしなかった、かわいそうな光、光もつらいだろう！　かつてのわたしの犬たちのよう、ときどき橇《そり》を引いた、ただの遊びだったけれど。犬たちはもうわたしについて来ない、だがせめてそうしようとする。かれらはわたしがまだわかる、だがもう尽くそうとしない。他に餌を与える者はいない。機械にこの痛みは求められない、機械はまだ吠える、だがもう嚙《か》むことができない、つまり、端的にもう機能していない。わたしたちはあらゆる痛みを求められてきた。今のわたしたちにはそれがわかる。どうしようもない。触れるのも余計なこと。ここには哀れな死体がある、何千、何万も、わたしはいくつかを個人的に知っていた。多くは水が埋葬させなかった、大量の水は今や獲物の上で安らう、死者でみずからを養う、笑いながら漁師たちを振り落とす、水から死んだものではないなにかを取ろうとする者たちを。誰もそれを買わないだろう。今や水が唯一の主人、わたしたちを恐怖に閉じ込める。わたしは荒野を見渡す、土地にはもう区切りがない。ここにはもうなにもない。そう、危険は声のようなもの、呼びかける、だが理解されない。それについては話された。地球上のいたるところで、話すことができるすべての場所で話された。運命にはさまざまなかたちがあると話された、ただわたしたちを待つ運命だけは話されていない。あるいはわたしたちを待つかもしれない運命は多すぎる。いつも聞こえるわけではない、あの声、聞こえるというより見える、それでもひとは知っている、声が呼びかけていることを。この声をわたしは記憶する、安全のために、その声域を、雰囲気を、また聞こえたときに備えて、だが安全はない。ここには枝さえない、死者たちを覆い、包む枝もない、だがわたしたちをうわさや嘘やなぐさめが包む。わたしたちは学んだ、なにもかも信じることを、いつもあらゆるひとのあらゆることを信じてきた、時計も信じた、計器も信じた。どんなものでも一日一、二度は合う。わたしたちは今やエネルギーに別れを告げる、もっとも見えない存在に、だがエネルギーにできないことはない、わたしたちから料金を徴収できる、わたしたちに当然のように与えられている、だがエネルギーはすでにわたしたちの中に入り込み、染み込んだ、わたしたちはもう取り出せないだろう。習慣は恐ろしい力、わたしたちはとにかくエネルギーに慣れた。あの膨大な死者たちの中にあったすべてが沈んだ、すべてが、言われるべきことのすべてが、そしてさらに多くのものが沈む、さらに無数の者たちの中で、かれらはもう立てない、座れない、泳げない、かれらを見ることももうできない。すべてが片付いた、だがわたしたちはいまだに片付ける！　土を向こうへ、より幸福な者たちの方へ、陸に残り、要職にさえ残った者たちの方へ、だからまだここにいた、残った、いずれにせよより幸福、かれらは見てもらえたから、今も見るから。他の者たちは消えた。わずかな大地が原因のこの演劇！　大地はなんと巨大な結果をもたらすだろう。大地は怪物的。しかし怪物的なものは多い。わたしは残りの部分を変える、ここにふさわしくなるように。だがなにより怪物的なのは自然。人間はたしかに怪物、だがゴミだ、自然に対しては無に等しい。一枚の木《こ》の葉も人間にまさる、木の葉は満足を知っている。もはや自然のことしか話されない、あの揺れ、海の夜を越えてそれは来る、自然という怪物、復讐の女神フリア、ひとは日々それを見る、わたしたちを入れてくれたら、わたしたちを向こうへ入れてくれたら、わたしたちを向こうへ行かせてくれさえすれば！　わたしたちに見せてくれたら、人間には決してできない仕方で揺れながら、海の舞台を越えて来る様子を見せてくれたら。向こうから来る、動物ではないものが、冬近く、吹く風の中、だがどこから吹くかは問題ではない、首都へ吹かなければいい、首都へ吹いてはならない、わたしたちは前もって風の杖《つえ》を折り、ボンネットを剝《は》がし、エンジンを外す！　いいえ、決して向こうへ吹いてはならない！　なぜなら人間たちがいる、想像できないほどの数が、風よ、向こうへ吹かないで！　それがわたしたちからの唯一の条件、首都へ吹かないこと！　おまえはここでわたしたちと遊べばいい。向こうへ行けばこの風は、翼のついた轟音《ごうおん》を立てる家に入る、家たちは走り出す、あの高い、とても高い家がすべて、あの家の群れが、まるで運命に皮を剝がれたかのように、しかも内部には核がない、家たちは自分自身を恐れて逃げ出す、そして大地はもはや高くそびえる崇高なものを持たない、どんな高さも消されただろう。消えた、わたしたちを襲う、わたしが恐れる、見えないものの中に。わたしたちの内部でも、見えないものが太陽のように光‐線を放つ、太陽は頭を高く上げ、そしてみずからを恥じて下げる、なぜなら見えないものは太陽よりもずっと明るい。パラドックス。太陽は自分よりも明るいものを見た！　だが今は暗い、そうでなければわたしたちは眠れない。学校の体育館で、農協会館で、その他の集会室で、大量の人間を眠らせようとする、だがうまくいかない。夢にまどろむ鳥たちの世界は夢から醒《さ》めた。野生動物は列をなし、反対方向へと走る。事前になにも言わなかった、あの動物たちは。かれらも知らなかった。ひとが動物に認める価値はほとんど間違っている。かれらは日蝕にさえ騙《だま》される。わたしたちだけが知っている、未来がもたらすものを、それを知らないというかたちで。だがわたしたちは生きながら未来へ入る、過去が運転手としてわたしたちを操る。

わたしの声を聞く者は多い、新聞にも載っている、今日では多少の努力で誰もが新聞に載る。わたしは叫ぶ、わたしは嘆く、だが見えないものの方が強い。聞こえないものがもっとも強い。見えない危険を叫ぶ、聞こえない女が。聞こえないなにかを叫ぶ、認識できない危険が。あらゆるものがなにもない。岸辺の競技場から光の洪水を放つ塔が消えた。それらにもはや意味はない、競技場に意味はなくなったから、だが二重に意味がない、太陽に照らされることもなく、内側から光に温められることもない。大地が揺れた、だがそれは、誰かが埋葬されたからではない、またそれは、多くの者が埋葬されたからでもない。かれらは果実のように漬《つ》けられた、だが長持ちさせるためではない。多くの者が埋葬された、それなのになにも揺れてない。わからない、なぜ揺れるのだろう、絶えず揺れる、この善良な大地は。絶えず揺れるみずからに揺さぶられて揺れるのでもない。わたしにはわからない、どこからこれは来るのか、だが説明はあるのだろう。そう。揺れは過ぎた。大地は、水は、すべてを受けいれる。なにも見えない。わたしは嘆く、見えないものを通じてこれからもあらゆるものが失われていくだろう、すでに失われたもののすぐとなりで、だがわたしはそれを証明できない。わたしはどうやって証明すればいいだろう、ここにはあらゆるものがなにもないことを、なにものでもないものがあらゆるものであることを。大声を上げ、わたしは一つの部屋の中へと叫ぶ、それは一つの国。とても大きい、こだまが返るはずもない。世界が耳を立てる、耳を澄ます、耳を当てる、別の扉に、別の人に、肺には空気がない、もしくは毒された空気しかない。ここにはあなたに聞こえるものがなにもない、それはわたしたちが保証する！　だが心配はいらない！　それはわたしたちのところではない、とかれらは言う。別のどこか。別のどこかを探しなさい！　あらゆるものが死んでいる、いいえ、いいえ、それはここ、あなたはここにいればいい。世界は見えないものに賭ける、いつか見えると希望するから。見えないものを通じて見ることは世界はもうできる。いいえ、見えないものの向こうを見るのではない、見えないものを通じてこそ真に見えるようになる！　ただ見えないものは透明ではない、見えないものがしかも透明なら奇妙だろう！　なにかがなければならない！　なんらかのかたちで味わえるとか。わたしはわたしがもうわからない。一つの謎、だがより難しい謎がある。世界は光を通してものを見る、だが世界に光の向こうは見えない、光がどこから来るかは見えない。それが自然、そう、自然は厳密にそういうものでしかありえない。不安な者たち、かれらは自然から逃げた、自然が揺れたから、わたしたちはかれらをあとから探る、かれらはどこへ行ったのだろう。みな消えた！　みな消えた。死に対するわたしたちの態度はもうかつてほど誠実でいられない、あの見えないものがわたしたちを通り過ぎ、見える恐怖を残す前ほどには。結果からしか認識できないなにか、それがわたしたちに残ったもののすべて。それが死を不自然にする、自然な死ではないだろう、たとえわたしたちが死んだように沈黙しても、沈黙は死よりも死んでいる、死はここにある、死はここにある！　死はやって来た、わたしたちの車は海に消えた。自分の死は想像できない、わたしたちは観客としてそこにいる自分に気づくから。他人の死は、その可能性を話すことが注意深く避けられる、死を宣告された者たちに聞こえそうなときは。だがどうすればいい、かれらがいたるところにいるなら。沈黙しつづけるのか。光はない、沈黙しかない。今よりさらに沈黙するのか。もっとうまく沈黙できるよう努力するのか。わたしたちの死者たちの通し番号は取り除かれた、誰にもかれらがわからないように。人びとは死ぬ、みな以前から知っている、だが想像できない。あるいは以後にようやくできる。表象はもう芸術にならない、罪ある者たちが自分を偽ることを覚えたときには。かれらは自分だけでなくすべてを偽る。かれらは大きい、わたしにはわからない、かれらがこれほど大きく思えたことはなかった、だがかれらは光の代わりに見えない格子を、網の目をわたしたちに投げかけた、その中では誰も休むことができない。碁盤目《ごばんめ》状に仕切られる、わたしたちの生の根本が。わたしたちの地面が。この男、この男、この女、この女、この男とこの女、以上。かれらは生の制約の向こうへ運ばれた、子どもが持ち上げられて小川を越えるように。罪ある者たちはすべてを越えて運ばれてゆく。子どもたちは死の向こうを見る、かれらだけがそれをできる、だがそれも、親の死後に起きることを楽しみにしているからに過ぎない。それからがいよいよすばらしい。だがここではみなが死ぬ。個人は問題にならない、そう、名声のあった者も死ぬ。

わたしたちの生は今や貧しくなった、わたしたちの生はわたしたちへの関心さえ失った。ただあの男たちだけは、かれらに加護あれ、なぜならかれらの企業は加護を与えない、かれらは命を賭けた、みずから責任をとった。見えないものとの激しい戦いは、かれらの中で、完全な自由意志ではなくとも、ある決断につながった、あとは実行するだけでいい。だがわたしの犬たちの散歩のように容易ではない。加えてわたしの犬たちはとうにひとりで出ていく。そしてあの男たちには安全へ戻れる安心さえない。なぜならそこにはもうなにもない。都市を統治する誇りもない。もうなにも辿り着けない。自由な時間はない。若い女たちが墓を掘る時間はない、一つ掘ってもこれだけの死者には意味がない。一つ墓を見つけても証明されない、どこに数千人がいるか、それははじまりに過ぎない、もっとずっと多くの者たちが埋葬されないまま海にいる。わたしは一人の女がここで死者たちを埋葬するのを見た、だが今はもうなにも見えない。わたしには身をかがめる女は見えない、哀しむ鳥たちは見えない、つむじ風を生む暖かな嵐は見えない、わたしたちを悲嘆する天上の者たちは見えない。わたしには食べてはいけない野菜が見える。目を閉じねばならない果物が見える。捨てねばならない肉が見える、だがはっきりと見通せない、なぜなのか、なぜならなにも見て取れない。だがもう善《よ》いものが見えない、とわたしは思う。その地でわたしは哀しんでいる、一人で。あとで犬たちに餌をやる、ひそかに、ここにいることは許されてない。わたしは犬たちのために着飾る。他に着飾る相手はいない。エナメル靴は窮屈で、ジーンズは細すぎる、だが他に美しく見せる相手はいない、犬たち以外に。かれらはわたしがまだわかる、だがまたたく間に野生化する、わたしはかれらに自由を与えた、鉄柵を開けた、かれらは円を描いて走る、もう我慢しなくていい、もうなにもかれらを待たない。ただ餌だけ。これまでのわたしたちは餌だった、誰にとって、わたしたちはかれらにとっての餌だった！　あのいくつかの企業の！　知らないまま。誰がこの死のすべてを願っただろう。この人間たちみなの死を願った者がいるはずはない、たとえ敵でも、殺したいほどの敵でも！　だがわたしたちしかいなかった。それはわたしたちだった。いつもわたしたちしかいない。わたしたちがここに横たわる。わずかな土、それがなんだというのだろう、だが触ってはいけない。少なくとも個人が触ってはいけない。いいえ、それは個人的なことではない！　その土を投げてはいけない、なにも植えてはいけない、運び去らねばならない、たいしたことはない、その下にも土はある！　大地に対して犯した罪を、わたしたちはまた運び去る。だが今のまま立ち入ってはならない、大地のこの部分、かつては有機農家が戦った、たびたび大地が勝利した、かれらではなく。どうか触らないでほしい、機器で濃度を計測することになる！　わたしたちの思い上がりを計測するかのように！　この土ではなにもしてはいけない、別の土ならいい、この土はいけない。ここに育つものを動物に与えてもいけない。ここに育ったものを与えられた動物を食べてはいけない。わたしはみすぼらしい予言者でさえない、すべてはすでに起きたから。わたしが話しはじめたとき、すべてはもう過ぎ去っていた。わたしはあとから言う者、あとから届ける者、わたしは被災者たちに、犠牲者たちにかれらの生をあとから届ける、だがかれらはそこにふたたび入り込むことはできない。この靴をかれらはもう履かない。先の尖ったエナメル靴がわたしの足を押しつける。気にしない。不安なまま、わたしはなにか言葉をあとから探る、それはしかし、どんな女も言おうとしなかった言葉。

意図的に言わなかった者もいた。かれらに悪意はなかった、あの鋭い声、それは企業のものだった。あの企業はつねに一つの声で話した。一つだけの声、なに一つ事実ではなかったのに、内部には多くの声があるのに。だがみなが同じことを言う。なんのために多くの声があるのだろう、なにを言っても声にならないなら。一つでいい。ここでなにがあったのだろう。わたしはなにものでもないものをあとから探る、だがそれはここにあり、消えた、それはまさになにものでもないものだから、誰も気づかない、まだここにあるのか、もうないのか。それは見えないだろう、見えるものはなにもないだろう。だがあの企業は、多くの声を持つ水蛇《ヒュドラ》は、わたしたちに今も聞こえる。水蛇《ヒュドラ》ではなく給水栓《ヒュドラント》なら、とわたしは思う、水が増すのに。冷却のために、循環のために、循環冷却のために。

あなたは先へ進んでほしい、ここには見えるものはなにもない！　ここにいた者たちはみなもういない。わたしはからっぽの場所を守る、かつては小屋が、いいえ、きれいな家々さえあった、大きな！　不安に駆られ、わたしたちはわたしたちの主人の言葉を探る、だがかれらはなにも言わない。それともあなたには主人の話が聞こえるのか、なぜ誰もわたしたちを事前に殺さなかったのだろう。なぜ誰もわたしたちに反対しなかったのだろう。

わたしたちは臆病、ああ！　ああ！　臆病な苦しさに、わたしたちはなにも言わない、だが殺すことは聞きたくない、わたしたちはわたしたちを殺すことから遠ざける、わたしたちは企業だからいかなる犯罪も免除される、とかれらは言う、それこそ犯罪だ！　その犯罪がわたしたちから遠ざけられる、代わりにわたしたちは自己正当化を免除される、なんてこと、わたしたちは今や全員の罪も個人の罪も負う、それは不正だ、すべてに関してわたしたちに罪を押しつけることはできない、わたしたちはそれを望んでいなかった、だがわたしたちは、わたしたちに責任のない死者たちに関する命令を与えない。わたしたちは生きている者たちにだけ命令を与える。かれらもわたしたちからの命令しか受けない。ウェスティングハウス？　アレヴァ？　エレクトリック・ゼネラルが、走ろうとしない馬を訓練しているのか、黙示録が実現しても自分たちに同じことが起きないように。かれらは四頭の馬を数える、それはすぐに終わったのか。企業からの命令も、企業への命令もいらない！　どうして命令なのか。わたしたちは命令を知らない！　わたしたちは最初からなにも聞こえなかった、かれらの言うことが聞こえなかった、今やさらに聞こえなくなった。そしてわたしたちの言うことも誰も聞かない。なにも聞こえなかった、つまり、いつも嘘だった。うわさには気をつけなさい！　うわさを気にしてはいけない！

北は、そう主張する者もいるが、住めない土地にはならない。この土地を貫いて、あるいはこの土地の周囲に帯ができて、一方から他方へ移れなくなることはない！　そんなことはそもそも想像できない。そんな問題に直面している者はいない。面接を受ける者はいる、そう、わたしの二人の従兄弟《いとこ》も、かれらも食べねばならないから。他の者たちはみな去った。意志と偽装と分配と断罪としての世界。遺体安置所を建てた者たちが今や新しい家も建てる、それらは、これまでなかったことだが、とても清潔だ。そのままわたしたちはその家々を維持したい。清潔に。にもかかわらず、家は結局のところ家、外観が変わるに過ぎない。汚染されてない、この新しい家々は。新築で、感染してない。防火と感染予防が含まれている、そう、気にせず手を伸ばしていい！　最初からそうできたはずだった、汚染されないように、燃えないように、すべてが崩壊する前に！　企業はいつものように口約束した、土地に関する依頼をこの地に持ち込んだ、土地はかれらのせいでひどく汚染された、かれらはみなきわめて遺憾に思っている、だが建設は続けねばならない、さもないと信用ある建設企業でいられない、そしてわたしたちは与えられた企業を取るしかない。かれらがわたしたちを利用しないよう希望するしかない。世界は自分自身を相手に終わりない面接を続ける。この世界と語ることは誰にもできない。いいえ、あの企業と語ることもできない、この企業ともできない。かれらがなにをしたか！　だがなにかがなされなければならない、それだけは決まっている。わたしが今言ったことを、わたしはわたしに願っていなかった。わたしが言ったことは、まさに、わたしが願ったことだった。あなたはなにも願わなくていい、心配はいらない。定められたこの宿命から、人間は誰一人解放されない、死すべき者は誰一人、なぜなら必ず死んで終わる。すでにその名が言っている。わたしは叫ぶ、書き記す、わたしはあの嘘のすぐ近くにいる、だが何度でも逃れる、それがかれらのやり方、主人のやり方、一人また一人、逃げても決して苦しまない、主人、かれらは自分自身にのみ属し、他の誰にも属さない、自分自身だけを聞き、他の誰をも聞かない。そのすべてが言葉を逃れる、だがわたしの言葉からは逃れられない。しかし嘆きとはなんだろう！　女の仕事。意味はない。大きな眼差《まなざ》しが、大きな悪行に復讐するのか。女のやることではない。すべてがわたしたちから逃れた、そう、男たちからも逃れた、そして語らないもの、語ることのできないもの、あるいは声、どう呼んでもいい、自然、一度吠えた、強く吠えた、獅子のように！　そして静けさ、そのすべてがわたしたちから逃れる、主人を知らず、わたしたちを主人と認めることはさらにないものが。わたしたちはなにも知らない。わたしには声が聞こえない。わたしたちは誰かの妻かもしれない、だがなにかの主人ではない。

わたしたちは血を流す、だがわたしたちは主人ではない。わたしが言うことは声にならない。声を合わせた者たち、わたしに声を加えた者たち、かれらも互いに聞こえない。綿《わた》の詰まった世界。和らげられる。わたしは真実を言っているだろうか、だがそれはわたしだけの真実だろうか。他の者にとってはあとから言う者、わたしはあとから届けるから、そう、わたしは認める、だがわたしはわたしにとっての真実を言っているだろうか。ここでは誰もなにも聞こうとしない、それが信じるということなのか。みなが偽りを言えば、もう誰も聞いてもらえない。二度と聞いてもらえない。聞き入れてもらえない。なにかを聞いた者は罪になる。あなたはそもそもわかっているのか、自分が今なにを言っているか。もうなにも言わない方がいい。ほら、下で楽しむかれらのように！　だがわたしは語り続ける、なにも、誰も、わたしを阻止できない。

わたしたちの背後の閂《かんぬき》をかける、もう誰も入らないように、わたしたちのあとにもう誰も来ることができないように、来ることができるのは死だけ、だが死も間違えることがある、そうして何度も新しい者たちがあとから来る。もうどんな門も封鎖することがない、誰に対しても、だがわたしたちはとにかく消えた、それ以上はわたしたちにはできない。

わたしたちはただいなくなった、それだけ。まだこだまが響く、それはいつも別のなにかから来るなにか。入って来る。死は鍵穴も鍵も必要としない。死は差し込むものを必要としない。わたしはこの家に鍵をかける。犬たちに餌をやる、それだけはまだしなければならない。それが残ったことのすべて。向こうにはもっと生き物がいる、だがほとんどがもう生きてない。うろつく犬たち、知らない犬たち、かつてわたしたちはかわいがった、みながかわいがった、ほとんどがもう死んだ。もう補充できない。すべてがなくなり、残ったものはまったく見えない、もう誰もなにも持って来ない。ここはもう投資されない。その価値がない。建設されるのは向こう。恐ろしい病に満ちたこの地域。健康なのは大企業だけ。感謝しきれない。大企業は縮むときも健全に縮む。成長するときは健全に成長する。わたしたち自身の墓の背後にわたしたちは立っている、テーブルクロスに並ぶ食器のよう、いつもどおり行儀よく、防護服を着て、機器を手に持つ、線量計、ピーピーいい音が鳴る。どの子どもにも与えられる、そしてわたしたちの子どもたちは慣れている、従うことに。かれらは一本の骨も残さず光を通される。静かに機器の中に立つ。子どもたちはどうすることもできない、わたしたちはどうすることもできない。わたしたちはみな子ども。わたしたちはなにも理解できない、わたしたちにはなにも説明できない。だから当然説明されない。

わたしたちに説明したと、あとから言うことはできない。わたしたちはここでこれからどうすればいいだろう。墓はもう掘り終えた。わたしたちの墓なのか。わたしたち自身の墓なのか。そうならないでほしい！　低線量被曝に過ぎないと、わたしたちは伝えられる。問題は、低線量被曝について誰もなにも知らない、わたしたちはみな極度の被害を受けている、そう、これからどこに住めばいい、わたしたちのものはどうなる、わたしたちの親たちはどうなる、わたしたちのエリートたちはなにを逃れる、わたしたちの動物たちはどうなる、わたしたちの高価な家具はどうなる。すべて被害だ！　しかも計測可能な被害、被害には言えないものも多い。多くの者が分割払いを続ける、だが支払い対象はもはやない。量が低いはずがない、この被害は、だが祭りの提灯《ちょうちん》のように光りはしない。わたしたちは大丈夫、ありがとう。わたしたちの状況は悪くない、ただわたしたちは今、知らない者たちに指示されて、そう、わたしたちの市長にも指示されて、本当にありがとう、いたい場所ではない場所にいる、わたしたちが属す場所ではない場所にいる。些細な代償。無償なのは死だけ。死は北にある、北にいる者は動いた方がいい。だが指示はわたしたちにはできない。その地域はあまりに広く、あまりにどうにもならない。この不幸な宿泊所、わたしたちには必要だが、少なくとも家賃を払う必要はない、そうでなければならない！　もう光の射し込まない宿泊所、大地の下の処分場も準備ができた、ありがとう、とてもいい、もう少し海の塩はいらないか。冷却で何トンも残っている、食べる消費者はまだ見つからない、だがあらわれるかもしれない。珍味にさえなるかもしれない！　だがわたしたちは、わたしたちは子どもたちの健康を心配する。わたしたち自身の健康を心配する。わたしたちはなにもかもを心配する。どんな運命がわたしたちを待つだろう。わたしたちに示されるのは、深刻に考えなくていい数値。わたしたちに示されるものは深刻ではない、誰もそれを深く考えていないから、他にはなにも示されない。ただわたしたちにはもう光もない。あるいは少なすぎる。わたしたちに見えるものは少なすぎる。わたしたちにはあれほど光があった、もうなにもない。わたしたちはあれほどの光をもう持たない。言葉もない。音もない。数時間の太陽、エネルギーは不要、便利だ、だがわたしたちの足下の奈落を、太陽は底まで照らせない。ああ、哀れなわたしたち、わたしたちはなにをしたのだろう、わたしたちは太陽になにをしたのだろう。なぜわたしたちは太陽を競争でこれほど怒らせた。わたしたちは太陽を信頼しなかった、太陽よりもいいものを望んだ。機器と機械のすべてを、あらゆるものを、にもかかわらず今度はそこに太陽も加えるのか。わたしたちは本当に満腹しない、それなのにわたしたちの望みはいつも満腹することだけ、わたしたちはつつましい、わたしたちは料理し、機械に食事を与えただけ。だがすぐに満腹しなくなる。生贄《いけにえ》の儀式の煙が上がる、台所から出たものではない、ああ、なんてこと！　助けて！　連鎖反応かもしれない。水素によるものではない、反応が連鎖した、その連なりをわたしたちは知らない。わたしたちは知らない、なにがわたしたちを病気にするのか。わたしたちは受け取るものに満足する。太陽はかつてのわたしたちにはせいぜい添え物だった。食事の付け合わせだった。わたしたちは太陽だけでは満足しなかった。果樹はそれだけで満足した、わたしたちは違った。おまえ、哀れな太陽、勤勉な女！　今や都市は病に満ちる！　わたしたちは競争した、おまえは耐えた！　太陽よ、止まれ！　わたしたちにもうなにも無料で与えるな、わたしたちはむしろ、わたしたち以外のものに対価を得てほしい！　荒々しい目を光に向ける、できるだけ長く。大地の下に光はない。かつて小さな冷蔵庫があった、きれいな冷蔵庫、どこにでも、列車の中、駅、野原にさえ、よく冷えた飲み物が入っていた、どこでも手に入った、そんなことが想像できないところでも、立ち止まって冷たい物を飲むとは想像できないところでも。今やもうない。もう冷却もない、熱もない、なにもないわけでもない。そしてあの男たちは働きつづける、かれらは知らない、自分たちがどうなるか、のちのちどうなるか、かれらは知らない、誰のためか、上司は目の前にいる、だが上司にはまた上司がいる、ランチョンマットのように重なり塔をなす、一人の上にもう一人、もう誰もわからない、自分は誰か、誰のために働くのか、作業員は積まれ、洗われ、乾かされる、そして必要なときに取り出される。どのみち四時間しかもたない、そして終われば、使い終えれば、また新しいものが取り出される。食べるために働きたい者はいくらでもいる。なにをすればいいか、どこで食事を摂《と》るか、かれらは言われる。一つ一つ事前に言われる、なぜなら急がねばならない、見えないものを今度も逃れられるように。まさにそれは見えないから。かれらは尽きない、この男たちは。かれらの上には塔の高さでさまざまな企業が積み重なる、かれらは互いに男たちを貸し合う、また別の企業に貸す、そしてまた別の企業に貸す、一度は貸し出したことのある人間しか残らなくなるまで、もう誰も貸付料を支払わなくなるまで。一体誰に貸すのか。もうずっと前からわからない、この男たちが誰のものか！かれらは結局はすぐに壊れる。レンタカー会社でさえ普通は最新モデルを揃えておく。この人間たちに新モデルはありえない。かれらは誰に送られたわけでもない、かれらは器用でない、そして汗に濡れ疲れたかれらの腕は丘から滑り落ちる、そう、水で剃《そ》り落とされ、頭が平らになった丘から。疲れたかれらはこの丘と同じ、奇妙にうなだれ、頭を沈める、頭を上げていられない。かれらがかつて誇り高い人間だったことは、さほど役立たないだろう。かれらがここですることは、かれらから残りのものまで奪うだろう。それとも残りのものは残るのか。わたしは知らない。いいえ、もう休憩はない。すべてが調整されて進まねばならない、想像してみてほしい、貸し出された男が突然真の所有者を探したらどうなるか！　ずっと探していられる！　地獄のような騒ぎになる、だがわたしたちは驚かない、わたしたちはもう地獄を知っているから。わたしは今、その廃墟を捨てて逃げてほしいと言った方がいいのだろうか、正確にこのとおりの言葉を発した者がいた、かれは知っていたに違いない、だが許されなかった。かれは許されなかった、廃墟をわたしたちに委ねることを、任せることを。あの容器は極度の危険に晒《さら》されている。神経が剝《む》き出しになっている、棒が剝き出しになっている、さらに危険なことに、炉心が剝き出しになっている、ここにあること自体、ごくわずかな者しか知らなかった核が。情報には感謝する、だがわたしたちはそれを知っている、ただわたしは知らない、それでわたしたちはなにを知っていることになるのだろう。あなたたちは、わたしが言っているのはあなた、そこの男性も、あなた、そこの女性も、みな極度の危険に晒されている。北にいるなら去った方がいい、いいえ、去らない方がいいかもしれない、だが可能なうちは去ってほしい！　情報には感謝する、だがわたしたちはそれを知っている、なぜならさっきあなたが言ったから。わたしたちはそれでも北にとどまる、他にどこへ行けばいいか知らないから。ここにわたしたちの葡萄《ぶどう》は実る。幸い大きくなりすぎない。わたしたちをすぐに毒してくれるといい。これまでは生があった、生はあった、そのあとなにかが言われた。だから響きが聞こえない。響きは源の向こうにしゃがんで用を足すから、そう、許されている、場所は違うかもしれないが。かまわない、いずれにせよすべてが毒されている。わたしはさっき叫びを聞いた、それともあれは先週だったか。だが他に聞こえるものはない。響きはしゃがみ込んだまま、正しいときに身を起こせない。音も立てずにうめく、地面に倒れる。かれらはこの廃墟を棄てたかった、だがそれでも廃墟の活動は止まない。反対にここはわたしたちよりも働いている！　激しい大波の水だけが、最初は海水、そのあとは砂糖のように甘い淡水、洗い流された毒はわたしたちの食品に入ろうとする、毒はそこに安らい、そのあとわたしたち自身の中に安らう、その大波の水だけが、わたしたちとわたしたちの浄化のあいだに立っている、いいえ、わたしたちとわたしたちの政府のあいだに立っている、わたしたちと地獄のあいだに立っている。わたしたちと炎のあいだに立っている、普通の炎ではない、一つの連鎖をつくる炎。ときおり空中に飛び出す。気にしなくていい、十分に場所はある。この廃墟は、いくつもの廃墟の一つ、他はみな消えた、響きと同じくしゃがんだだろう、姿勢は違うかもしれない、いずれにせよ廃墟はここにうずくまる、他の廃墟と同じように、破片が飛び出す、高く投げ出される、上空一キロ、あるいはさらに高く！　多くの破片はすでにここに横たわる、わたしたちの死者たちのように、あのときすぐに死んだ者たちのように、他の者たちもあとから死ぬだろう、何年もかかるかもしれない、忍耐強く待ってほしい、誰にもそのときは来る、身をかがめねばならないときはかがめてほしい、他のことをしようとすれば、あなたには生じる、あなたにはなされる、あなたには起きる、毒があなたのからだを通過する、毒自身の意志さえ無関係に、見て、この廃墟、この反応炉、結局は反応しただけだった、結局はそれが仕事だから、この反応炉にはすでにそれが起きた！だが廃墟にとってはたいしたことではない、廃墟は最初から地面に横たわっていた、この廃墟がしたことは、必要だったから許されるのか。わたしにはわからない。ひとはこの廃墟を、かつてはエネルギーに満ちていたこの残りのものを、そのまま放置したかった。それは許されなかった。最後の最後に防がれた。水をかけても意味はない、わたしたちが抱えるのは一杯になった瓶だから。飲み干せ！　遠慮せず！　わたしたちはそこからなにを得るだろう。わたしたち全員の埋葬は防がれた。延期された。作業員は配置替えされ、わたしたちの埋葬は先延ばされた。哀れなわたし、すべてを命令することになった、と一人の男が言う、わたしはかれを知らない、誰もかれを知らない、かれは帽子を取らざるをえない、だがそこにもかれは見えない、かれはなにを言うだろう、次の男はなにを言うだろう、かれのあとの男は。そもそもあれは誰だろう。哀れなわたし、とかれは言う、雇われ人に過ぎず、目の前には死者しか見えない、多くの生が欲しかったのに、予定より多くの生が欲しかったのに、わたしはかれらに光を届けたかった、あの企業はわたしのものではない、いいえ、そう主張する者は嘘をついている、みなが、みなが嘘をつく、あの企業は別の誰かのもの。あの企業は顔のない人間たちのもの、もうあなたも知っているだろう、それがどんな見た目か。おぞましい。人間はまず顔を失う。それがわたしたちには最悪のこと。それなのに。この不幸の罪はわたしのもの、いいだろう、わたしはただ受けいれる、この罪を受けいれるように、わたしは定められた、揺れた大地がそう話す、届いた水がそう話す、ひび割れた容器がそう話す、すべてが流れ出た、わたしたちはすぐには逃げられなかった、漏れ出た冷却水ほどは。誰が。話す。ここで。あたりに散らばっていた、罪が、それを受けいれるように、わたしは定められた。わたしはここに立っている、哀しんでいる、わたしには罪がある、誰とも同じように。いいえ、哀しんでいるからではない。ここに立っているからだろうか。反応炉たちもここに立っていた、そして真面目に反応していた。わたしは告白せざるをえない、反応炉を思うと切なくなる。反応炉はなにかしら、つまり、役立つものだった。わたしたちは暖かく快適に過ごした。わたしには罪がある、他の誰とも同じように。わたしは深く頭を下げる。どれだけしてもし足りない。わたしには責任がある、だがわからない、なにに対する責任だろう。あるいは誰にでも責任がある、夜のベッドで読書したかった者、コンピュータゲームをしたかった者、テレビでいい映画を見たかった者。わたしは欲した、みなが欲したものを、それならなぜわたしに罪があるだろう、わたしは望んだ、この土地の人びとがよい生活を送れるように、機械とともに、なにもかもとともに、そしてかれらは死んだ。少なくともほとんどが死んだ。残りは病気。残りはあとで病気になる、病気はあとにとってある、何年も経《た》ってようやくあらわれるかもしれない、思ってもみないだろう！　いつでも、思ってもみないことが、恐るべきことになるだろう、どんな病気でも、誰がなろうと、もはや思ってもみないことにはならなくても。あなたはどんな病気に苦しむだろう。選択の幅は広い、だがすべて癌だ！　かれらをみな地中に埋めればよかったのか。いいえ、とわたしは言う。それほどの土はなかった、わたしたちみなを一緒に、すぐに、温かいまま、埋葬するほどは！　鋭い声で鳥たちがわたしたちを惜しんで哀しむだろう、わたしたちの巣はからっぽだろう、誰もいないだろう。だが鳥たちもいずれ沈黙するだろう。わたしたちはそれももう聞こえないだろう、わたしたちはもう沈黙さえ聞こえない、まだあらゆるものが入り乱れて語り、叫び、泣いているから。死者たちを見よ、大声で嘆け！　わたしたちの世界を汚した者がいる！　わたしたちの健康は守られなかった。他のすべては守られた、だが明らかに十分でない。なにもかも十分に保護されなかった。誰もが保護されたかもしれない、だがなにもかもが保護されたのではない。その代わりに指示がなされ、水が流し込まれた、いたるところから、大地から、海から、空から、ヘリコプターで、水が、ただ水が、標的を狙う矢のようにまっすぐ、わたしたちの心臓部へ、誰かがしなければならないから、誰かが秩序をつくらねばならない、全体の秩序を組み替えねばならない、ひとはそれを無秩序と呼ぶ、そして今や人間たちはこの指針をたよりにのぼる。誰も知らない、それがどこで終わるのか。なぜならわたしたちはうしろにいる、わたしたちを聞くことはできない、わたしたちの源は、電源は、音源は、源は、一般的にも個別的にも、そう、源、わたしたちは飲んだ、水がある限り、水は今やより重要な目的を持つ、水は出て行く、そして冷やす、水はわたしたちから離れる、そして言うことのできないものを冷やす、それがわたしたちの前にある、まだわたしたちの前にある、源、そう、そのとおり、源、言うことのできないものも一つの源、だが死の源、つまり、それがわたしたちの前にある、背後ではない、そうならいいのに。最初に源があって、次に流れがある。逆ではない。それが謎の答え、すべてが絶えず低い方へと流れる理由。そのあいだには、毒の入った貯水槽から、プラスチックの排水管、だがそれもすぐになくなるだろう。そして悪い水を捕まえておくことはもうできない、つなぎとめられない、抑えられない。

わたしたちは前に進む、ロープをつかむように、荒々しい目で破滅を辿る、そのどこかにわたしたち自身の破滅もある、わたしたちの古い家、小さな庭、車、庭に置いた子どものおもちゃ、ブランコ、ジャングルジム、わたしの娘のテディベア、わたしたちは前に進む、だが源はつねにわたしたちの前にあるだろう、それがつねにすべての出発点になるだろう、わたしたちのかつての外出のように、少なくとも時折の。おかしい、ここには声にならないなにかがある、きっとわたしに原因がある、わたしはそれを説明できない、いいえ、わたしはそれを説明した、だが正しくできなかったかもしれない、真実は声になってない！　わたしたちには真実が見えないだろう、わたしたちはなにも見えないだろう、わたしたちはわたしたちがどこへ行こうとしているのかさえ見えないだろう、だがわたしたちはこのひもを固く、固くつかまなければならない。これからどうなるか、わたしたちに説明する者はいない。作業員は誰のものなのか、かれらに言う者はいない。沈黙。なにも聞こえない。なにも見えない、太陽がすすんで与えるもの以外、本当は太陽に求められない、それでも太陽を恨むことはできないだろう、わたしたちは日出《ひいず》る国、この国がわたしたちを遠くまで連れて来た、しばしば誤った道を、つまりわたしの立場からすれば、ただ太陽がどこから来るか、それをわたしたちは知らない。わたしたちは今や知っている、電気がどこから来るか、わたしたちはそれを覚えた、電気はコンセントから来る、わたしたちはそれを学んだ、充電が必要ならこの機器にも表示される、もちろん光り輝く文字で。死者たちが死者たちの上に横たわる。こちらもあちらも同じ死者、だがこの死者たちはあの死者たちと違う。あの出来事があった。なすすべなく、ひとはわたしたちに生き物たちを指し示す、かれらはまもなく死ぬだろう、あるいは死なないかもしれない、いいえ、やはり死ぬ、だがあとで死ぬ、誰もが知っている、死ぬ理由を、誰も知らない、死なない理由を、そう、あるいはやはり死なないだろう、どうしてわたしの感情がたかぶるのだろう！　同様に不確かなのは、放出されたヨウ素131。環境に撒き散らされたのか。他に場所はない。ここには他になにもない、そして環境は訪れるすべてを受けいれるようつくられている。またプルトニウム、そう、誰も話さない連鎖反応から生まれたプルトニウム。連鎖反応はなかったのか。いたるところに細かく散ったのか、ここにはいたるところしかない、他にはなにもない。他に場所はない。ここには環境しかない！　核分裂連鎖反応に十分な場所がある、広がる、幼虫から蝶になるように、空気もまだある、よい空気、海もある、それらは果てしない、果てしなく大きい。小さな原子が十分な場所をとり、自己を実現できるなら、わたしたちは幸せだ！　わたしたちはその機会を提供できる！　どんな影響があるだろう、ここに環境があることは、ここに環境しかないことは、ここにこの一つの環境しかないことは、だがそれはつねにわたしたちにあったもの。今さらそれを環境と呼ぶ者はいない。環境があることは大事件ではない。環境がなければわたしたちは、みずから周縁をつくらねばならない、大地の縁から落ちるから。影響はあるだろう、おそらく、わたしたちの自然公園は、小さな動物園は、なにも悪くない、だがそのすべてがもう見えなくなるだろう、もう楽しめなくなるだろう。毒が環境を飲み込んだ、わたしたちは毒を飲み込んだ。なぜなにも見えないのか、それさえ見えない。わたしはまたここを去る、この言葉を言い終えたら、聞かれなかった言葉を。どんな言葉も聞かれなかった、だが誰に聞かせればよかっただろう。わたしはなにもわからない。わたしはなにも聞こえない。

だがこの巨大な沈黙こそ、どんなに叫んでも無駄な今、わたしにはなにか重要なものとも思われる。少なくとも重要でなくはない。わたしたちは行動しなければならない、そして声をひそめねばならない、いいえ、わたしたちは叫んでもいい、わめいてもいい、どちらでもいい、なぜならわたしたちは聞かれなかった、企業の秩序の中では。わたしたちは話してもいい、わたしたちは聞かれない。わたしはわたしの古い家に入る、語るために、だが巨大な沈黙の方が強い。犬たちさえもう吠えない。吠える理由がない。もう誰も来ない。犬たちはわたしにもうほとんど反応しない。この不幸を見るために来る者はいない。敢《あ》えてそうする者はいない。みな出て行く方がいい。敢えてそうする者はいない。わざわざ来る者はいない。敢えて出て行く者はいない。やがてかれらは来るだろう、だがすぐに出て行くだろう。かれらは入場料を支払うだろう、やがてまた出て行けるように。この不幸についてはたくさんのことが聞こえてくる、だがこの不幸それ自体は聞こえない。ここにいない限り、事態の沈静化に向けて、手を動かさない限り。なぜわたしたちはあとになってから正しいことを見なければならなかったのだろう。正しいことはいつもそこにあったのに！　いいえ、そこにはなかった。そこにあったのは発電所、そして電気をつくっていた、それゆえ発電所と呼ばれる。核エネルギーによるエネルギーだった。なぜ今、よりによって今、わたしたちみながこの不幸に、カタストロフィに圧迫される今、突然正しいことがなされるのだろう、どこかになにかが見えただけで。どこかになにかはいつもある。それは見られたことがない、だが多くの者がそれが来るのを見た。まさか、わたしは見なかった、だがたしかに見た者がいる、今や多くの者が言う、それは以前から見えていたと、だがどうしてかれらは以前から言わなかったのか。なぜ、つまりなぜ、わたしたちは今になってもっと早くできたはずのことをするのか。いつもそう。ひとはものごとを先延ばす、埋葬せざるをえなくなるまで、わたしたちが埋葬せざるをえなくなるまで、わたしたちがかつて抱《いだ》いた願いのように、だが願いは今持たなければ意味がない。故人はきっと認めない、かれらにはどうしようもなかった。だがかれらはもうなにも言えない。こうした法を死者の世界は好んで持つ、そうしてせめてもの静けさを得る。なぜもっと早くできなかったのか。わからない。あれは以前だった。今わたしたちは以後にいる。以後にはまたなにも起きない。なにも起きないだろう、またなにかが起きない限り。ひとは肉親や家族を敬う、そうだろう。だが事前に敬うことはできない、死ぬまでは埋葬できない！そうだろうか。それは誰にもわからない、かれらはまだ争っている。畏《おそ》れからわたしたちは学んだのか。まあなにかしら学んだのだろう！　そう、わたしたちはわたしたち自身の砂を運ぶ、わたしたちは運ぶ、それはわたしたちと世界を汚染しかねない、だからわたしたちはこの砂を運ぶ、わたしたちの親戚であるこの砂を、そう、わたしたちの親戚がこの砂になった、わたしたちの砂からできた砂、それをわたしたちは運ぶ、両手で、急いで、そして三度わたしたちはわたしたちの砂に、わたしたちはみな遅かれ早かれ一片のゴミになる、ひとはそれを丁寧に砂と呼ぶ、ただ水をかけてはいけない、わたしたちもそんなことになるとは思わなかった、もうやめろ！　文を終わらせろ！　もういい、もういい！　わたしは終わらせる、終わらせる！　だからわたしたちはわたしたちの砂になった親戚たちを注《そそ》ぎあける、三度わたしたちはわたしたちの砂を死者たちにかける、そしてかれらを埋める、大地によって完全に消え去るように、ひどく毒された大地そのものが完全に消え去るように。だがあなたは聞いて、それより何度も、また大量に、沸き立つ容器に水が注がれる、土より重要なのは水、あの容器はわたしたちよりも必要としている、なにかが来ることを、水が来ることを、あのかたちなきなにものかがホースから出て来ることを、そう、水は強制的に注入された、さもないと水はしたいようにする、水は来る、そして去る、みずからの都合で。あの容器は危険だ、なぜならからっぽ、普通の容器なら問題はない、子どもが持ち運んだりしなければ、だがあの容器は危険な荷を積む、そこに水をかけねばならない、絶対に、すぐに！　水をここに！　早く！　水を進ませろ！　わたしたち自身がこの災厄を逃れるように、わたしたちには時間がない、まず水をここに、それから土、三度撒く、わたしたちのために、死者たちのために、そして地中に埋める、運び去り、埋める、そして水、いいえ、最初に水、ずっと先に水、水が必要、容器の水を急いでほしい、内部で沸き立つ、人類の核が、すぐ冷却しなければならない、人類がそのよき核を見てももうわからなくなる、核は溶けただろう、溶けてわからないだろう、人類は核を恐れて逃げるだろう！そしてわたしたちをみな殺すだろう、あのよき核は、善をなさない、だがわたしたちはそれをあとから知るだろう、だがわたしたちは死ぬだろう、しかもすぐ死ぬだろう、その場で死ぬだろう、種ならあとから吐くこともできる、吐き出せる、だがそれはわたしたちをみなすぐ殺すだろう、核、わたしたち他者、それこそ核が欲するもの、だが核もまだ待つことができるだろう！　わたしたちの幾人かはもう身を寄せ合った、だがまだしたくない。わたしもその一人。わたしはしたくない、だがしなければならない。わたしの母は、死についてそう言った。残ったわたしたちはみな静かに死ねるだろう、もっとあとで、時間を少し延ばせたら、小さい靴を伸ばすように、だがわたしたちは死なねばならない、時間がかかるに違いない、忍耐強く待ってほしい！　あなたにはすぐ包帯を巻こう、そう、わたしたちにまだ包帯があれば、わたしたちは近親者たちの土を、灰を、あと三度注ぎあけねばならない、それを埋葬という！　わたしにはわからない！　これが秩序にかなう埋葬なのか。時間がない！　水をここに、もっと水を、そう、海水でもいい、いいえ、よくない、塩分が含まれる、そして水は、毒をもったまま、処理もせずに放出される、わたしたちはそれを食うことになる、そう、だが今はまずここに、ここに水を！　どんな水でも、ここに水を！　なにをしても、なにもしなかったかのよう、なにをしても、なにもしていないかのよう、なぜならわたしたちはみな死ぬだろう、そのとき誰がわたしたちに土をかけるのか。ああそうか、土はみずから身を投げ出してくる、わたしたちの上に身を投げた、一握りの親族などもう問題にならない、そう、まさにそうだった、大地が最初に来た、死にゆく動物のように痙攣した、水はそのあとすぐに来た、水はいつもあとを追うしかない、真のかたちをもたないから、わたしたちが与えるかたちだけだから。愚かな水、今いる場所にとどまれない、別のかたちをとろうとする、たとえば庭の池のように、水は無限に多くのかたちをとる、ほとんどはごく小さい、だが今回は！　おまえは遊びに来たのではない、水よ、楽しみに来たのでもない！　わたしたちはおまえを世話する、待て！　おまえはわたしたちを取り囲む。いいえ、水は待とうとしない。水はわたしたちを取り囲む。わたしたちはすぐ水に行き着く、どうしようもない、水はいたるところにある、だが水は待とうとしない、先にわたしたちに近づく、わたしたちのもとへ来る。水による無数の犠牲者、果てしなく大量の水、海全体、波全体、あのときわたしたちは水を止めるべきだった、とっておけばよかった、のちのために、必要とするときのために、水を。そして今、わたしたちが必要とするとき、わたしたちには水がない。最初のあのとき、水はあいにく長くとどまらなかった、冷やさなかった、みずから引き起こしたことを、単にその存在を通じて、その力で、恐ろしい力で引き起こしたことを、あれほどの力はわたしはいらない！そう、だから今来る水が冷やす、自分の罪を、だが今来る水は遅すぎる、少なすぎる、苦労してわたしたちは運び込む！　あのときはあれほどたくさんあったのに、時が違った！時が誤っていた！　誰も水に言わなかったのか、いつわたしたちに必要か。今ではない！あとで！　狂っている、そうだろう。水を抑えろ！　その泥棒を捕まえろ！　水は過ちを消してほしい、だがアイロンでしわを消すにも電気がいる、それに多少のスチームも、なにかを消す習慣をわたしたちはみなやめるべきなのかもしれない、それだけで少しエネルギーは節約される、その分を片付けに使える。誰にも罪はない、消すべきことはなにもない、そう、おまえも、水、おまえも、水力、冷却のためだけにここにいる、他の場所の方が楽しいだろう、送り込まれた機器に入り、おまえはアイロンがけをする、しかも危険はない。わたしたちはおまえを諦める。そう。おまえは自由な時間で別のことをすればいい、だが気をつけてほしい、自分になにができるかわかっただろう！　おまえほど大きな危険はない！　そうは思ってなかっただろう。だが危険でないことがあるのか！　なにもしなければいい。災厄を逃れればいい、だがどうする、災厄が見えなければ。なにもせず、なにも否定しなければいい、だがもうなにもしないでいるには遅すぎるのか。いずれにせよわたしたちはもうなにもしない。この作品はここで終わる。ようやく完全に終わる。ひどいと言えないほどひどいことよりひどいものにはできないから。それを話すことはできない。それについて話すことはできるかもしれない。だがそれを話すことはできない。それを言うことはできるかもしれない、だが話すことはできない。いつものように、わたしは話しすぎている、それでもそれを話すことはできない。最後の日が来ればいい、とわたしは思う。そうか､来ていたのか､すでにわたしの背後にある！　わたしは知っていた！　遅すぎる、いつものように。わたしはわたしをまた追い越すだろう、なぜならわたしは遅い。かつてわたしたちのものだったもの、それはもう誰のものでもない。わたしたちはもう誰でもない。誰でもない者だから、わたしたちはなにものでもない。わたしたちはもうなにものでもない、誰でもない者だから。わたしたちは。わたしたちはなにものでもなくはない、大地でさえわたしたちに頭を垂れた、それがなにものでもないはずはない！　今日でもなく、昨日でもないどこかに、いつもかれらは生きている、誰でもない者たちが、誰にも見えない者たちが、あいだにいる者たちが、そして誰も知らない、かれらがどこから来たか。だがかれらが時より前に死ねば、誰かが利益を得るだろう。どんなときも利益が生まれる。狂っている。そしてわたしたちが死ねば、それを望んだ者たちがすべてを手に入れる。かれらがすべてを手に入れる。

多くの、多くの報道を読んだ。
ソポクレース『アンティゴネー』も。

二〇一二年三月一二日

プロローグ？

PROLOG? (2012/2015)

ここにはどれだけ足してもかまわない！　ただわたしが言うのは、大地に植える、ということではない。

燃料はもうまた回復する、なぜなら燃料は知っている、みずからが人工物で代替可能であることを。人間たち、だがあなたがここに示す者たちではない、かれらは受けいれ準備を示す。うつわ、そこに肉が注がれる、だが誰もかれらに贈り物をするのではない、かれらはなにも逃れられない、ましてあなたからは。かれらは努力する、そしてそのあと、あるいは全員まとめて、奪われるだろう。自分の魅力を示しただけで。製造業者のあなたには、ある種の責任があっただろう、だがあなたは規定に違反しただけ、どんな規定かわたしは知らない、だがきっと誰かが知っている。人間は畑の果実のようには育たない。注意深く扱わねばならない、人間を避けることはできないから。太陽も、あなたは聞いて、いいえ、見て、太陽もみずからの照り返しに捕らえられ、妬《ねた》ましく傍観するしかない、より明るいなにかが人間たちの心を占めた、だがかれらはそれで利口になりはしない。その代わりに今では蝶の色が抜ける、漂白されたように。魚にそれは見て取れない、だが自然が望んだものはなにもない。米は一袋ずつ検査され、中国で倒れた袋ほどしか注目されない、どの動物も、どのきのこも、自然はここまで監視される必要があるのだろうか。それはどんな新たなことをもたらすだろう、わたしたちが以前は知らなかったであろうことを。人間たちは出て行った、かれらは動物たちが前代未聞の奇形になる地にこれ以上とどまりたくないから、健康な者たちは。ざわめきは過ぎた、聞いて、もし聞こえるなら、そのざわめきはもうずっと前のもの、あなたは聞き逃した、もう誰もあなたのためにざわめかない、あとはあなたの耳の中だけ、もしざわめきをそこまで深く入れるなら。あらゆることが過ぎ去った。その代わりにあなたは今、どうしても大きな音で訴えたい、だがそれさえも抵抗せずには打ち鳴らせない。かつて中心の踊り場だったもの、それは今や別の中心にある、からっぽで。あなたはわたしにざわめきを、音楽を、コンクリートを、掟を、暴れる子どもの声を期待しているの？　わたしがどこかの森をさまよい、新たなものをもたらすことを、娯楽を？　どこに？　どこから？　動物たちも一緒に？　かれらはもう長いあいだみずからの姿を嘆いている、かれらは歩き回る、そして祝う、不適切にざわめかず、人間たちが今やいなくなったことを。ついに！　わたしには人間たちのものはなにも聞こえない。かれらはネットにさえもう書き込まない。どうしてあなたは嘆くのだろう、なにも聞こえないことを？　わたしもなにも聞こえない、わたしが最初になにも聞こえなかった。最初はわたし、次があなた！　あなたはなにがしたいのだろう？　空いた場所を占めたいの？　チームはもう確保したとわたしは思っていたけれど？　あなたがともに海を干上がらせた者たちをあなたは投げ棄てた、かれらは濡れていたから！　あなたは今や海を占拠した、人間たちを確保した、ここで話すことになる人間たちを、だがあなたは望んでいない、そのチームが言うべきことを。一体どこにそんなことがあるだろう、言われること、実現することが、チームに合わせてつくられるなんて？　逆でなければならないはず、そうじゃない？　あなたは思うの、静けさがあるところ、わたしにおいて静けさはつねにやまない語りを意味する、そこではまず、静けさまでも聞こえるように、もっとずっと多くのことが語られなければならないと、そうすることで静けさが、語りからなる静けさが、正しく享受されうるように？　語りの中からこの語りが浮かび上がるように？　あなたは新しい神を祝いたい、あなたは祝うことが好きだから、静けさと語りを同時につかさどる神、そうはいかない、神はつねに一つのことだけを受け持つ、いいえ、その声は正しくない、神々はつねに複数のことを受け持つ、だがそれらは少なくとも相殺《そうさい》しない。あなたはわたしの話を棄《す》てたい、なぜならあなたには、わたしの沈黙が、それもまた話すことだから、気に入らないから？　話すことは同時に聞くことではない！　それは互いにまったく独立に進行することもある。あなたは、なにも聞かないために、だがそこでもやむことなく語りはなされているけれど、あなたの美しい住まいを去ることはないだろう、なぜなら家ならあなたも静かに聞くことができるから、それどころかよく聞こえさえするのだろうか？　聞くことをあなたはどこでもできる、あなたが主体と主題を、それがつねに優先される、ただ本当はそれは客体、わたしたちみなと同じように、耳に差し込み、一人で静かにしていれば！　問いにつぐ問い、だがだからといって、一つの問いが別の問いの上に積み上がらない、せいぜい、一つの問いが別の問いを越える、そして越えられた問いの命を脅かす、なぜならそれは征服された問いだから、問いがトイレからこう叫ぶ、入ってます！　もう少し待って！　今わたしは語る、語る、語る、それがあなたにとっても正しいことではないの？　あなたは沈黙より先に語りを送りたかったから、だが語りはこんなに喜んでいる、ついにあなたから離れることができて、盲《めし》いたように駆け出し、もう二度とあなたのもとへ戻ろうとしない。あなたも今になってそれが惜しい？　そういうつもりはなかったの？すべてが突然なくなるなんて？　先に送ることができると思われているもの、それが真の姿をあらわし、二度と捕まらないことはよくある。まあいい、わたしはとにかくわたし自身の先を行く、だがあなたがそこから得るものはなにもないだろう。あなたはわたしの語りがいらない？　あなたがほしいのは語ることとの別のあり方、沈黙を扱わない語り、沈黙は盲点、死んだ魚や昆虫にますます見つかる見えない染み。かわいそうな蝶、まったくなにも語らない、もう飛ぶこともできない！　あの蝶を見て！　あんなに地表を信頼している！　あなたは信頼できないだろう、信頼する必要もない、なぜならあなたは選択できるから、どの人間をとるか、とらないか、その者たちにどんなかたちをもたせるか。そのことについてもわたしたちは話すべきではないのだろうか？　あるいは話して、それをそれとして名指すことさえするべきなのか？　わたしがわたしの沈黙も話すことと名付けたあとだから？　だがかれらは語る！　わたしはかまわない、みなが語ればいい、それが自分自身の家賃！　かれらはどのみち絶えず語る！　ただ互いに聞くことができない！　目に見えない染みのまわりでかれらは間断なく語る、わたしは知っている、それはわたしの古くからの欠点、だが他になにをすればいいだろう、孤独な場所で、そこにわたしはずっといる、非難しつづけている、そしてきっとたしかに狂女ではなく、むしろ単子《モナド》、待って、これは前にどこかで言った、ごめんなさい、いずれにせよここではすぐに行き過ぎる、すでに奇形の翅《はね》で飛んで消えた！　どうしてわたしにわかるだろう、ひとがどんなふうに話すのか、話さないときに？　いいえ、ひとがどんなふうに話すのか、聞かないときに。それはまた別のこと！　かれらは本当は知っているにちがいない、話すことを、それなのに誰も他人を聞かない！　だがそれはまさしく別のこと。わたしにおいて、話すということがなされる、だが誰も聞くことができない、聞きたくても。まさか。あらゆる者にそれは聞こえる、ただわたしが想定しなかった者にだけ聞こえない。どんなときも無駄にならないことがある、カメラをもって出かけたこと、だがカメラはつねにある、ひとが絶え間なく機器に向けて話すようになって以来、機器は見ることもできる、見たものを記録できる、まるで価値あるもののように。機器はとにかくなんでもできる、この諜報局員的装置は、かわいらしい、小さな機器は。そのことに今も驚くのはわたしだけ、他に驚く者はいない。どこにでも目がある、ファインダーをのぞき、つねになにかを見つけ、記録する、ひとはあらゆるものをつねに持ち歩く、目を、耳を、つねにすべてがそこにある、つねに手の前にある。聞くこと、見ること、話すこと、すべてが対象化され、みずからをわたしたちに錯覚させ、イメージとしての記憶になる、つまり、みずからを差し込む。まばゆい光、今日ではふたたびまばゆく輝く太陽、不満はない、散髪したてのよう。だからわたしはあなたに言う、聞かれなさ、と、わたしにもよくわからない、わたしはなにを言いたいのだろう、聞かないこと？　話さないことではない、なぜならみながつねに話している、だが互いに聞き合い、了解できない、わたしにおいては特にそう、ひとの姿をとった、一つにならなさ？　まとまらなさ、聞こえなさ？　とにかく、いかに名付けるにせよ、それはどういうことだろう？　わたしは言うことができない、なにがあるのかと、だがわたしは言う、なにかがあると、わたしは言わない、なにが問題なのかと、わたしは言う、なんなのかと、そしてどうすればわたしはなにかを言うことができるだろう、それがなんなのかをまったく知らない別のなにかについて、自分がそこでなにを言おうとしているのかさえ知らないまま？　隠れなさが出来事として生じうるなら、聞こえなさも出来事として生じうるのだろうか、ひとがなにかを聞いているとしても、意味わかる？　あなた！　そこにいる者たちがあらわれる、それをわたしたちは、わたしの前にいた思想家とわたしは、あらわれ−

来る、と呼ぶ、そこにいる者たちがあらわれ‐来る、それで、かれらはどこ？　あなたはかれらをどこにやったの？　かれらはみなここにいる、少なくともわたしはそう思っていた、それがつまりあなたの役目だった、そこにいる者たちがあらわれ‐来る、経済学者たちが来るのではなく、そうではなく、そこにいるすべての他の者たちも来る、しかもここにいる一人ひとりのために、そこにいる人間たちが、かれらを選んだのはあなた、あらわれへともたらされてほしい、必要なら力づくで、なぜなら暴力は結局どこにでもあるから。あなたもそれを手本にすればいい、わたしはかまわない。あなたはかまわずかれらを連れてきて、人間たちを、かれらはあらゆることを習い覚えた、話すことを、だが聞くことは覚えなかった、そう、あなたもかれらの一部、話す、だが聞かない、決して聞かない、あなた、人間、あなた、前に立てる主体、表象し、上演する主体、さあわたしたちの前にあなたとともに存在する者たちを、あなたにとって本来的に存在するものを立て、表象し、上演して、それは結局わたしがあなたの前に、そこに書いたもの。かれらはただそれを言わねばならない、いいえ、自分自身によって聞かせなければならない、わたしがそこに立てたものを、わたしはかれらをわたしとあなたの前に立てた、わたしはかれらをまったく知らないにもかかわらず。この存在をわたしはあなたの前に立てた、だがあなたがここに、わたしの前に立てる主体、わたしたちすべての立てられた者たちの前に立てる主体、その主体は多くを企てた、明らかに明らかな姿をあらわそうとした、しかもわたしが前に書いたものにおいて、いいえ、そんなことを主体は企てない、その主体は企てた、なにかを前に立てようと、ひとはそれを表象と呼ぶ、上演と呼ぶ、それはここにもある、あなたはここにそれを見る、表象を、上演を！　そのすべてが、無能な太陽のからっぽの頭蓋から、太陽は自分より明るいなにかがあることに耐えている、人びとに注いでふるまわれる、贈り物ではない、贈り物だとしてもかれらはほしがらない、だがもらった、どうでもいい！　わたしはなにを言いたかったのだろう、ああ、そう、つまり太陽は漏れて空になった、海も、ところで海は病気の魚を健康な魚の代わりに返された、自然はすべてをわたしたちに貸していただけだったのに（わたしが思うに、それ以前に自然そのものもすべてを借りていたのだろう）、自然はどんなものを返されただろう？　障害を負わされて返された、話すことはできるが聞くことのできない魚たち、聞くことはできるが話すことのできない蝶たち、しかもその翅はすっかり壊れてしまった、なんという姿だろう！　わたしはなにを言いたかったのだろう、わたしたちはどこにいたのだろう、向こうの上にわたしたちはいた、話すことはわたしたちはできる、聞くことはできない、だが読むことはまだできる、そう、わたしたちは一体、本当はどこにいたのだろう、太陽は漏れて空になり、海の流れは向こうへ戻った、海はそこに属す、海はつねにそこにあった、それが海にはふさわしい、そう、そのときわたしは引き受けた、存在するものをあなたの前に立てることを、イメージとしての世界の中へ妄想され、想像された対象として、妄想され、想像されたイメージとして、あなた、錯覚にうぬぼれながら向こうへ立てる者、想像の中を動く者、まるでそれが自分自身でもあるかのように、想像が、まるでまだうぬぼれ足りないかのように、なぜならそこでなんらかの人びとを向こうへ立てることができるから、いいえ、そうではない、表象し、上演する主体は、なにか戯言《ざれごと》を空想する、それを聞くことはできない、だが見ることはできる、そう、そう、見ることはできる、あなたはただ向こうを見て、人びとを呼び集め、そこに立たせて、放り出す、かれらがなにを言おうとかまわない、それを聞くことはかれらにはできないから、わたしは最後の一回をはじめる、書き取る、あいにくわたし自身には思いつかなかったから、そして百年あっても、もちろんもうないけれど、思いつかないだろうから、あなた、こちらへ立てる者、製造業者、あなた、人間をこちらへ立てて生産する者、だからといって、あなたは人間を生産できない、つまり普通のやり方とは違う、そう、だから主体としての人間、それをあなたはここで前に立てる、表象し、上演する、いいえ、それはあなた自身ではない、もちろん他の者たちがまた負担する、つまり主体として、それをあなたはここで、こちらへ立てて生産する、いいえ、それも違う、あなたはかれらを生産しなかったから、わたしはすでにそう言った、つまり人間は、ここに立つ人間は、誰であれ、あなたはそれを知るだろう、あなたが無理やりここに立たせた、立たせて見世物にした、そしてわたしへの注目を奪った、人間は錯覚の中を、想像の中を動く、しかもわたしの想像、そう、問題はわたしの想像、あなたではなく！　人間の表象が、上演が（それを規定するのもわたし！）、存在するものを対象化し、イメージとしての世界の中へ想像する限り、あなた、錯覚し、想像する、人間の表現者、製造業者、あなた！　どうしてあなたはイメージを想像できるだろう？　イメージはすでにそこにある、さもなければあなたには想像できないだろう！　それはわたしのイメージ！　わたしがつくった。わたしが決めた、ひとは話す、だが聞かないと。わたしがそうしたい。この自由、ごくささやかな自由、それをわたしはわたしのために必要とする、それだけ。あなた、自分自身を確信する者！　あなたは自由を求め、わたしに対する自由を主張することで、みずからが求めた自由の本質を忘れてしまった、なぜならそれはたんに主張された自由に過ぎないから、というのも、わたしはあなたにもう先日の哀れな虎の自由を許さないから、あなたも虎がしたことを知っているだろう、飼育係の女性を殺した、そのために虎も殺された、だからといって、話すときは聞かねばならないというわけではない、そのことが今や本当に明らかになったのならいいけれど。あなたの自由についてはここまでにしよう、そう、ない！　まったくない！　あなたはそこに座って聞いて、さもないとわたしはあなたをそこに立たせて、最終的に放り出す、あなたはわたしが委ねた貴重な自由を、あなたが求めて注文した自由を、たとえわたしに注文したのではなくとも、その自由を、自己の確実さとして据えた。だが自由を悪用し、自己の確実性に変えたことで、あなたは他のすべてを不確かなものとして守らなければならなくなった、あなたは確かなものと不確かなものを守り、保存しなければならない、つまり太古の昔から画面上のツールバーにあるフロッピーディスク・アイコンを押して保存する、あなたはこうして不確かなものを守る、あなたはそれをわたしがあなたに確実性として与えた他のすべてと一緒に守る、そしてそうしてわたしは、あなたではなく！　あなたはそれを望まなかった、だがわたしは、だがわたしは、だがわたしは望んだ、わたしが書いたこと、わたしが知っていること、わたしはなにを知っているだろう、わたしの知とはなんだろう、わたしの良心とはなんだろう、わたしの不確かなものとはなんだろう、それをわたしはここで向こうへ立てたかった、あなたはつねにここで人間たちを向こうへ立てたいだけ、わたしはそれ以上のことを望んでいる、なぜならわたしは望んでいる、そうして守ることですべてが、本当にすべての存在するものが、知ることのできるすべてが、わたしはつねにすべてを望む、ごめんなさい、あなたはすべてを望むことが決してできない、だがわたしは望む、わたしは望む、それによって知ることのできるすべてが、あらゆる知が、ここで人びとがなす大騒ぎが、なぜならあなたはそうするようかれらの前に書いた、本当はわたしが書いた、わたしはだから、わたしはだが、わたしはだから、だがわたしは望む、それによって知ることのできるすべてが、わたしの手がこの動く客体を、物体を押すことで、それはつねにわたしから逃げようとする、だが決して成功しない、それでも奇形になってない、あの魚とは違う、あの蝶とは違う、あるいは誰であれ見えないものを通じて奇形になり不具になった者とは違う、その見えないものをこの語りはずっと扱っている、わたしはつまり望む、知ることのできるすべてが、それは見えるものではないけれど、なぜなら絶えず変化する、そのすべてが守られることを。そう、それだけ！　ざわめきがはじまる。だがそれがあなたと関わるとは限らない、わたしの手も、わたしが押したキーも、原因としては関係がない。あなたは人間たちをつくることはできない、あるいは模倣できるに過ぎない、人間たちはどのみち模倣し合う、だが生産という意味ではあなたは人間たちをつくることができない、だがあなたはもう知っている、かれらは別のなにかを言えばいい、わたしがかれらの前に言ったこととは別のなにかを、それをあなたは確信している、そのときあなたは守られている。まあいい。さようなら、うまくつくりなさい！　今回もうまくつくりなさい、うまくつぐないなさい、うまく儲けなさい。わたしにはどうでもいい。わたしは確信している、守られている。それで十分。わたしにとって考えることは、ごく普通の前へ立てること、想像すること、表象すること、それを今やこうしてあなたが引き受けた、それが表象されたものに対する表象の、上演の関係、いいえ、表象は、上演は、失敗する、それがわたしにはもう見える、表象の、上演の欺瞞、それをあなたはここに見る。だがわたしが欺くのではない！　あなたが欺く！

あなたにもごめんなさい、ハイデッガーさん、ただこれが最後にはならないでしょう！　残念ながら。

二〇一二年九月七日／二〇一五年九月一日

よそものとしてわたしたちはやってきて、誰もが一人のままでいる。

（わたしの作品『光のない。』についてのいくつかの考え）

「光のない。」の二人の音楽家が演奏しながら互いに聞き合うことができず、しかし自分自身を聞くこともないように、わたしは盲人が色について話すように話します、わたしたちのところではそういう言い方をします。わたしは一つの空間を作りました、わたしはそれをわたしの日本と名付けたいと思います、なぜならわたしはまだ一度もその国にいたことがなく、しかし以前からその国に取り組んできたからです。そして今、わたしはわたしの言葉たちをこの未知の空間に投げ入れます、その言葉たちのうちのなにがたどり着くのかを知らないまま、それは「うまくたどり着く」という意味においてではなく（こちらでは成功したものごとのことをそう言います）、そうではなく、わたしには定義できない一つの空間の中で、そしてその空間について、いかにわたしのなにかがそこでよそのものに衝突するかを知ることができないままに。津波と、福島の原子力発電所の崩壊のあと、耐えがたいざわめきと、あらゆるものを引き連れ、巨大な船さえ陸地の奥深くへ放り出した荒れ狂う自然の暴力が混じり合ったあと、放射能汚染という聞くことのできないカタストロフィが来ました、ひとはまさに放射能汚染を聞くことができず、見ることができず、においをかぐことができませんでした、のちにその影響の結果と、見渡せないほど広がった一面の保管袋に詰められた何トンもの汚染土からしか、放射能汚染を認識することはできませんでした。

話すこともまた、音を狂わせ、爆発を起こしているでしょうか、起こしたのでしょうか？　というのも作中の二人の音楽家は、なにも聞こえないものの（しかし互いに言うことは聞こえているのでしょうか？　おそらくそうに違いありません、なぜなら二人は答え合います）、それでも知っているからです、そこにはなにかがあり、今なお続いていることを、なぜならそこには逆にまた、そのなにかを限界づけるものがなにもないからだということを。こうして今や一種の爆発のようなものがあるのでしょうか、その中で今なお言われうることのすべてが渦に飲み込まれていくような爆発が、それをわたしたちは知りません、しかしわたしたちには一つの話すことが聞こえます、話すことがそこに残りました、そして空気の中にとどまっています、まるで『不思議の国のアリス』のチェシャ猫のあの笑いのように（猫はいなくなり、笑みだけがそこに残ります、とはいえこの笑みは無意味で理解不能なのです、笑みが広がる猫の顔もそこに残っているのでなければ）。

二人の人物が、音楽家たちが、話します、しかしかれらの音楽は沈黙しています、二人は演奏しているにもかかわらず。かれらが話すことは、場合によっては死をもたらす空間で、みずからをたしかめることに役立つでしょうか、もはや他に誰もそれをしてくれないから、それどころかもう誰もそこにいないから？　誰にわかるでしょう、どれだけ長くこれからもかれらは話すでしょう、聞こえないまま演奏するでしょう、かれらが生み出す芸術は沈黙しています、もはやかれら自身が話すだけです。そしてかれらにはなにも残っていません、なにかを言うということ以外、かれら自身がみずからの楽器で生み出すものは残っていません。つまり、音楽という抽象は聞き取られず、しかし言葉という具体は聞き取られます。しかしこの言葉はなにを言うでしょう、言葉はなにを伝えるでしょう？　すべてはすでに起きたのですから、残っているのは、もはやただ伝えることだけです。

ハイデッガーの『言葉についての対話——日本人と問う人とのあいだでの』のある箇所に、日本人はみずからの芸術の本質をヨーロッパの美学の助けを借りて考察しなければならず、日本人は美学を一種の補助学として用いている、とあります。対話の中のヨーロッパ人は問います、日本人はそんなことをしてもよいのでしょうか、と。日本人はあっさりこう答えます、どうしていけないでしょう？　わたしが思うに、わたしが書いているのは、このどうしていけないでしょう、なのかもしれません。ヨーロッパ人は答えます、美学という名前も、その名が名指すものも哲学に由来します、それゆえ美学的考察は東アジアの思考にとってはよそものでありつづけるにちがいありません、と。この日本人はつまり、明らかに芸術と詩の把握のためによその概念を必要としています。少しあとでかれは、なおこの対話の中で日本語の無力にこだわり、日本語は「限界づける力」を見つけられず、物ごとを明確に分類し、互いに上位と下位にあるものとして想像し、表象することができない、と言います。

わたしは概念の中に入り、概念を掘り返すことができます、概念はすべてわたしにとって使うことのできるものです、そのほとんどをわたしはこれまで知ることがなく、すべてが結果のないままになっています、まるでほしいものはすべて見つけられるけれど、まだなにがあるのかわからない店のように。それにもかかわらず（あるいはもしかするとだからこそ）わたしはしばしば言いたいことを正確に言うことができません。そこに一種の奈落が開きます、あるいはもう少し小さく安っぽくしておくなら、動力を伝えるベルトが滑り、わたしの意識の中のなにかが緩みすぎていて、意識はわたしの言いたいことを本当には把握（そして伝達）できないのかもしれません。まるでわたしの書くことは続けられているのに、しかしわたしはセーターの糸をほどいているかのようなのです。書くことがなにかを言う可能性を破壊します。あるいはわたしがそもそも言いたいことを破壊します。こうしてわたしのテクストが日本語に翻訳されるとき、わたしがそこに見るのは、いかに無の複数の形式が重なり合うか、ということです。つまり、わたしはしばしば言いたいことを本当には言うことができません、そしてこの場合はさらにまた、そこで言われるはずのことがまったく本当にはそこにありません。翻訳がなされるこの言葉は、わたしにとっては完全に閉ざされている言葉です、その構造からしてすでに。つまりわたしは言いたいことを言うことができません、このことはもう言いました。しかしわたしはまた、わたしにとってそのように閉ざされている言葉の中で誰かが言うようなことも言うことができません、しかしわたしは知っています、それはわたしが言ったことだということになると。あるいはわたしが言ったかもしれないこと、でしょうか？　しかしそれはなんでしょう？　それはわたしによるものです、しかしわたしには確認できません、本当には通じていないよその言語へのいかなる翻訳にもある問題です、適切な言葉としては、そう、まるでよその記号体系への支配が行使されようとしているかのようなのです。

一方のヴァイオリン奏者には他方が聞こえず、そちらそちらで自分自身が聞こえません。わたしの言葉の中でわたしが言いたかったことをわたしは正確に言えないという不可能性の中で、話すということの不可能性に関する一つのテクストが生まれます、二人の主人公は絶えず話しているにもかかわらず。かれらはあの空気のない空間の中へ身を投げます、カタストロフィ後の状況には、もはや物たちも存在しません、すべてがこわれ、巨大な瓦礫がそびえ、もう生き物はいません（あとになってようやく犬たちが、そして他の動物たちも戻ってきます、人間にいつか理解できるような言葉を持たない存在たちが）。こうして二人の音楽家の言葉は、その音楽はもう聞こえず（かれらがまさに互いを聞き合えないように）、しかしその話すことは聞こえて、こうしてつまり、その言葉が対応し、応答しているものは、無です、自然の暴力を通じて、そして技術の不備を通じて失われたもの、破壊されたものです。そこにさらに深いわかり合えなさが生まれます、人間たちと物たちのあいだに、もう誰にも聞こえない響きたちと音たちのあいだに、人間たちと技術のあいだに、そう、そうです、そしてこの最後の誤解が最終的にカタストロフィへと行き着きました。わたしがこのよその言葉に通じておらず、みずからの言葉にさえ本当は通じていなければいないほど、なぜならわたしはまさに言いたいことをそれほどたびたび言うことができないのですから、そうであればあるほどに、自然の破壊的な暴力が対応し、応答しているのは、言葉というものの破壊的な暴力です、互いに理解し合えず、そこで空回りし合う二つの言葉の暴力です、そしてそれら二つの言葉の互いの理解が試みられる際の「いかに」の暴力です。なぜなら、わたしのテクストがその中に生まれるこれら二つの言葉は、単に異なるだけでなく、「根本から別の本質である」からです、あの哲学者が言うように。

このような対話は、ふたたびまた、わたし自身が言葉で把握しうることを遥かに越えてしまいます、それはわたしの概念の力を越えます、わたしが日本語のことをほとんど知らないということからしてすでに。二人の哲学者の対話の少しあとの方では、そもそもヨーロッパの概念体系を追いかけることは正当なのかと問われます。日本の対話者はそれに対してこう答えます、もはや回避はできません（わたしが書いているのはまさにこの回避ではないでしょうか？）、現代では地球上のどの地域でも技術化と産業化が席巻しているのですから、と。こうしてつまり技術は、人間が作ったものをテーブルのパン屑のように平気で払い落とす自然によって引き金を引かれ、最後には恐るべきものとなります、原子力発電所の構造は（わたしは原子力発電所については日本語についてと同じほどなにも知らず、わたしにはどちらに関しても概念的な語彙が欠けていますが、技術の語彙はそれでもなんとかせめて表面的には身につけることができるでしょう）、発電所の技術は、その機能を通じてではなく、その機能不全を通じて、見通しのつかないカタストロフィの犠牲者たち、被災者たちを生み出します、かれらは同時に加害者でもあります、その国はそんなことがなくとも自然のあらゆる面から、海に、地震に、洪水に、森林に、火山に脅かされていて、今やさらに技術にも脅かされます、人びとがみな誇りにしているあの技術に、そしてかれらのためにハイデッガーの対話の中の日本人は一つの語彙を求めています、なぜならかれはそうしたすべてを言葉で把握することが必要だと考えているからです、しかもかれの確信によれば、ヨーロッパの概念体系の言葉で。そうです。そしてその中心ですべてが衝突します。人間たち、動物たち、物たち、乗り物たち、そして崩壊などありえないと考えられていた人間の作品、発電所。あらゆるものが空中を飛び、すべてが静まったように思われるそのとき、死をもたらす沈黙の中で、あらゆるものが見ることのできない破壊的な戦利品を解き放ちはじめます、大気中に、地中に、水中に、あらゆるところへ。

話すことは聞こえて、音たちは聞こえません。わたしにはわかりません、この二つは人間の名指すことのできないものと付き合う無能力を示していないでしょうか？　もしかするとそれがわたしがあのテクストで意図していたことかもしれません。福島のカタストロフィでは、自然が身を投げ、みずからの岸を越え、作られたものを、原子力発電所を破壊しました、それはまさに名指されえない一つの自然です、なぜなら自然はわたしたちの概念の能力を逃れ、わたしたちには理解できない言葉で話します、こうしてつまり、わたしたちが学び終えればたしかにせめていくらかは理解できるものごとに自然災害がぶつかるのと同じように、こうしたカタストロフィの発生はまた、いかなるコントロールをも逃れます、それどころか言葉と思考によるいかなる分類をも逃れます。カタストロフィは起きます、同時にカタストロフィは起きませんでした、なぜならわたしたちにはそのための言葉が欠けているからです。一方の音楽家には他方が聞こえません、かれらは互いが話すことなら聞こえます、しかしそれはむなしいことです。一つの真空があらゆるものを吸い込み、今や飲み込んだものすべてをふたたび投げ出し、吐き出しているだけです。毒、すべてが毒です。そう、わたしたちもそうです、おそらくあらゆるものの中でもっともひどい毒でしょう。

水の中にあるそれは見えません、動物たちの中にあるそれは見えません、自分自身の中にあるそれも見えません、まさにわたしたち自身がそれだからかもしれません、わたしたちは毒です。しかしわたしたちは絶えずそれについて語ります、自分自身のことさえ理解していないこの概念体系の中で、この概念体系がこれまでに接触した別の概念体系については沈黙したままで、そしてこの別の概念体系の方もまた静まりかえって沈黙しています、今なお語りつづけていながらも。わたしたちは自然のもとへと学びに行きました、しかしなに一つ学びませんでした。わたしたちはむなしさの中へと入って行きました、そしてますますそこに迷い込みます、ふらふらとまわりをうろつきまわる大量の物たちに取り囲まれて。わたしたち自身もよろめいています。物たちが、わたしたちに使用されるために、わたしたちに迫ってきます、どこまでも華やかに誘惑しながら、そしてわたしたちがわたしたちの生み出してきた多くのものに取り組んでいるあいだに、静けさが広がります、むなしさが広がります、そしてわたしたちはわたしたち自身にとってよそものになってしまいます、まさに自然がわたしたちにとってよそものであるように。

訳者あとがき

本書はエルフリーデ・イェリネクが二〇一一年の東日本大震災と福島の原発事故をきっかけに書き継いだ三部作を、震災から十年を迎える今年、初めて集成したものである。

著者は一九四六年十月二十日オーストリア・ミュルツツーシュラークに生まれ、ウィーンに育った。父フリードリヒ・イェリネクはチェコ系ユダヤ人である。フリードリヒは結婚とともにカトリックに改宗し、第二次世界大戦中は化学者として兵器産業に従事したためホロコーストを生き延びたが、戦後一九五〇年代に入ると精神に異常をきたし、六〇年代に悪化、六九年に精神病院で亡くなっている。一方で教育熱心な母オルガ・イローナ・イェリネクは娘を音楽の分野に進ませることを望み、イェリネクは六歳でピアノを始め、九歳でフルートとヴァイオリンを加え、十三歳でウィーン市立音楽院に入学。オルガン、ピアノ、フルート、作曲、音楽理論を学び、七一年にオルガン奏者として国家試験に合格している。

イェリネクが詩を書き始めたのは一九六四年、十八歳の年で、同年には自作の詩「嘆き」に合わせて作曲もした。音楽と並行してウィーン大学で美術史と演劇学を専攻するが、不安障害のため六七年に中退。六八年は一年間完全に自宅に閉じこもり、一歩も外に出ることができなかったという（現在に至るまで飛行機には乗れず、映画館のように扉が閉まって暗くなる空間に行くことができない)。ただしこの時期にも創作は続けており、すでに六七年には最初の詩集『リーザの影』が出版され、六八年にも詩が新聞に掲載された。六九年、父が亡くなると、当時の恋人に連れられて政治運動に身を投じる。七四年にはカトリック教会を脱会しオーストリア共産党に入党、九一年まで所属した。六〇年代に詩を書いていたイェリネクは、七〇年代になると小説と多くのラジオドラマを執筆、八〇年代からは演劇作品が増えた。翻訳も手がけ、三十歳の年にピンチョン『重力の虹』の単独訳を依頼されるが、三年間取り組んだ末に挫折した(翻訳はトーマス・ピルツに引き継がれて八一年に完成し、現在もイェリネクは独訳版『重力の虹』の共訳者とされている)。

創作活動の初期から作品の内外で社会の保守性や男性中心主義を糾弾しつづける姿勢のために、保守派の政治家やマスコミに攻撃され、「オーストリアで最も憎まれる作家」と呼ばれた一方、哲学的・歴史的な問題意識から現代社会への問いかけを続ける作品は多くの文学・戯曲賞で評価されてきた。二〇〇四年には、「社会的通念によって生まれる不条理や強制力を比類ない言語的情熱で暴露する小説や戯曲において、複数の声とそれに対置される複数の別の声で音楽的な流れを生み出した」功績によりノーベル文学賞を受賞した。近年も、シューベルトの歌曲に自伝的要素を加えた『冬の旅』(一一年)、難民問題をギリシア悲劇の時代からの視野で扱う『救われるべき者たち』(一四年)、ドナルド・トランプとオイディプス王を重ねて現代社会を問う『王の道』(一七年)などで注目を集めつづけている。

◆『光のない。』三部作とイェリネクの方法

東日本大震災から半年も経たない二〇一一年八月末、イェリネクは震災と原発事故への応答として「光のない。」を完成させ、九月のケルン市立劇場での初演を経て、十二月二十一日に作品全文を自身のHPで公開した。

その後、二〇一二年三月十二日、つまり東日本大震災から一年を迎えた日の翌日、イェリネクはやはり自身のHPで「エピローグ?」を発表し、さらに同年九月七日に「プロローグ?」を公開した(ただし「プロローグ?」は

二〇一五年九月一日に最終更新されている)。

この三作品のドイツ語原文は現在もHP(www.elfriedejelinek.com/)で読むことができる。テクストの合間には、放射線量の検査を受ける子どもたちやお年寄りや犬、あるいは事故後の原発の内部の様子、さらには福島に置き去りにされた牛や豚の写真がはさみこまれている。

一読してわかるとおり、三作品には地震や津波、放射性物質や放射性廃棄物、汚染土などを示す表現が用いられ、日本政府の政策や東京電力への批判と読める部分が多数存在する。しかしながら、作中には日本、地震、津波、原発、福島といった言葉自体はあらわれない。それはなぜだろうか。二〇〇四年のノーベル文学賞受賞記念講演と一九八九年のインタビューからそれぞれ一節を引こう。

念のために、わたしを守るためだけでなく、わたしの言葉がわたしのとなりを走っていて、コントロールします、わたしが正しくしているかどうかを、わたしが現実の描写を正しく誤ってしているかどうかを、なぜなら現実はつねに誤って描かれなければならないからです、現実は他にどうすることもできません、ただ、それを読み、また聞く誰もが、その誤りにすぐに気づくようなかたちで誤らなければなりません。現実は嘘をつきます!そしてわたしを守ってくれるはずの言葉という犬が、わたしはそのためにこの犬を連れているのですが、そのときわたしに嚙みついてきます。わたしを守るものが、わたしを嚙もうとするのです。

しかしわたしの作品は歴史劇ではなく、まして歴史主義的な作品ではありません。わたしの作品は時間のさまざまな層を互いに入り組ませます。わたしの作品は、現在をその歴史的次元において可視化しようしており、またなによりもまず政治的な意思表明にもとづいています。このことがわたしの作品とポストモダンを明確に区別します。

イェリネクの作品は、❶現実の正しい描写ではなく、それどころか現実はつねに誤ったかたちで描かれなければならない。❷そのとき著者自身が言葉という犬に嚙みつかれる。言葉は完全にコントロールできるものではない（イェリネクはかつて「フロッピー」という雌犬を飼っていて、この犬は不安になりやすく、おびえると飼主を嚙んだという）。❸しかし同時に、だからといって言葉で現実と戯れているのではない。作品の出発点には政治的な意思があり、罪ある者たちが責任を逃れ、犠牲者が生まれつづける現実への怒りがある。これらは互いに矛盾する特徴だろうか。そうではないだろう。イェリネクは政治的な意思にもとづき、現在をよりよく見えるものにしようとする。言葉による現実の正しい描写は不可能で、言葉は現実を誤って描くことしかできないが、逆にその誤りを通じて、目の前の現実とは明らかに異なり、現実にとっての「よそもの」であるなにかを通じて、現在はよりよく見えるものになりうる。正しい現実を求める限り、見えないものがあり、聞こえない声があり、考えることのできないなにかが残る。また、より正しい現実が描かれている、前向きな解決策が提示されているとわたしたちが感じてしまうそのときすでに、かのじょが批判しようとしている権力者たち、扇動者たちのわかりやすい言葉や、利益を誘導する言葉と変わらなくなってしまう危険があるだろう。『光のない。』三部作においても、現実は明らかに誤って描かれている。それは現実の日本ではなく、現実の福島ではない。しかしだからこそそこから見えてくるものがあり、聞こえてくる声がないだろうか。

◆「光のない。」

三部作の第一作「光のない。」は、ヴァイオリン奏者の「A」と「B」の対話とも呼びがたい言葉たちからなる。ヴァイオリン奏者はドイツ語で「ガイガー」といい、放射線量計測器のガイガーカウンター（ガイガー＝ミュラー計数管）の開発者である物理学者ハンス・ガイガー（Hans Geiger, 1882–1945）の名字でもある（ただし作中にガイガーやガイガーカウンターという言葉はあらわれない）。「A」と「B」は原子核の放射性崩壊であるα崩壊とβ崩壊、そしてその際に放出される放射線であるα線とβ線を示唆しているだろう。
本作はまた、古代ギリシアの詩人ソポクレースのサテュロス劇（滑稽な神話劇）「イクネウタイ（追跡者）」を下敷きに書かれている。その内容は以下のようなものである。飼っている牛の群れを見失ったアポローン神は、ディオニューソス神の従者シーレーノスに対して、牛たちを見つけることができれば黄金の冠と自由を与えると約束する。シーレーノスは半人半獣のサテュロスたちを連れて捜索に出る。すると突然、地中から弦を奏でる音が聞こえ、サテュロスたちは聞いたことのない音におびえる。実はそれはゼウス神の隠し子でニンフのキュレーネーにかくまわれている赤子のヘルメースが亀の甲羅に羊の腸の弦と牛の皮を張ってつくった竪琴の音で、牛泥棒はアポローンの異母弟であるヘルメースだった。ヘルメースは竪琴の調べで兄を魅了して和解し、兄に竪琴を贈る（そしてのちに盗人の神、旅人と使者の神、死者の魂を冥界へ送り届ける神となる）。事件は解決し、シーレーノスとサテュロスたちは黄金と自由を手に入れたという。イェリネクが参照したと思われるドイツ語訳から引用すれば、たとえば以下のような部分が「光のない。」へと流れ込んでいる。

コロス　理解できない、子どもがあのような音のつくり手とは。
どうすれば子どもが動物から、
しかもすでに死んだ動物から、あのような声を生み出せるだろう？
キュレーネー　疑うな。信頼してよいと、女神の語りはおまえにほほえんでいる。
合唱隊長　死者がこんな音を響かせるなど、どうしてわたしに信じられるだろう？
キュレーネー　ただ信じればいい！　死の中でこの動物は声を得た、生きているあいだは声を出せなかった。

「イクネウタイ」の登場人物たちは、死者（死んだ動物たち）の響かせる声／音を聞き、それにおののき、最後にはその正体を見ることができる。しかし「光のない。」ではもはや音を聞くことはできない。原子力発電所のメルトダウンという、その音を聞くことができず、その姿を見ることもできないカタストロフィのあとにわたしたちは生きている。シーレーノスとサテュロスたちは最後に「黄金と自由」を得て解放されるが、原発が経済の繁栄と個人の自由を実現するものではなかったことを、イェリネクの三部作は繰り返し指摘する。

「光のない。」に組み込まれているもう一つのテクストは、思想家、批評家であるルネ・ジラールの「あやうい均衡——喜劇的なものの解釈についての試論」（『現実的《リアル》なものの知られざる声』所収）である。このエッセイはモリエールとソポクレースを比較しながら、喜劇と悲劇の根源的な近さを論じている。ジラールは「傲慢な人間がその傲慢さの犠牲になるという基本図式がどちらでも繰り返されている」ことに両者の共通点を見る。「笑うことと泣くことを対立させるのは行き過ぎであり、両者はむしろ——文化が生む対立の多くがそうであるように——一つの共通の基盤に立っている」。また、他人と一緒に泣くほど笑うということがあるように、「笑いは社会的に容認されうる唯一のカタルシスの形式である」。そして「自律性〔自治〕の喪失と自己制御の喪失こそ、あらゆる喜劇的形式の特徴であり、また必然的に笑いそのものの特徴である」とされる。イェリネクはこのテクストからも多くを引用しているが、直接の参照ではない以下のような部分もまた、「光のない。」そして原発事故との関連を示しているだろう。

> 真の喜劇には極めて深い意味で転覆的なものがある。たとえばモリエールの笑いは反デカルト的である。なぜならデカルトのコギトが要求するものが偽りであることを示すからだ。哲学の古典は一つとして笑いを理解も説明もできない。なぜなら哲学は、人間の本性〔自然〕は制御できる、あるいはわたしたちという個人は制御できるということを揺るぎない基礎にしようとするからである。それとはまったく異なるわたしたちの現代世界において、偉大な預言者たちはつねに同じ、ニュアンスの差もないほどのメッセージを発している、すなわち、わたしたちの行為、思考、欲望のすべては、わたしたち自身がつくったのでもなく、十分に解釈できもしないもろもろの枠組みによってこそ完全に制御されているのだ、と。

「A」と「B」がヴァイオリンを奏でているにもかかわらず音楽が聞こえず、語りつづけるしかない状況は、悲劇的であると同時にどこか喜劇的でもある。しかしそれは、喜劇を笑うことしかできないあいだに制御不能な悲劇が続いているということでもあるだろう。

「光のない。」が問うテーマの一つは「分裂と制御」である。原子力発電の原理は、熱中性子を用いてウラン原子核を分裂させ、その崩壊に際して生じるエネルギーを発電に利用する、というものである。安定している物質を人為的に分裂させ、そこからエネルギーを取り出す過程を制御している（加えて言えば、結びついていたものを分裂させ、安定していたものを不安定にすることで生じるエネルギーを利用することは、古来より植民地主義の時代を経て現代に至るまで、政治的にも繰り返されている手法だろう）。しかし人間はそもそも自然を分裂させ、そこから利益を得るというようなことをしてもよいのだろうか。原発事故は原発だけの問題ではなく、より根本的な傲慢の連鎖の帰結ではないのか。イェリネクの言う「現在をその歴史的次元において可視化する」とはそうした問いへ向かうことだろう（逆説的にも、分裂を制御し、そこからエネルギーを得ることは、イェリネクの言葉の方法でもあるように思われる。だからこそこの過程を問い返すことができるのかもしれない）。

この問いを受け取ることができるのは、作中の「A」と「B」が海中の死者（あるいはまだ死者になりきれていない状態）であるだけでなく、ときには崩壊した物質たちそのものが語っているようにも感じられるからである。作中の「わたしたち」は、人間たちだけでなく、音たち、物質たち、核分裂生成物たち、燃料プールの中の使用済み核燃料たち、さらには原子力発電所そのものとその反応炉たちの声さえも含みうるように思われる。

イェリネクがこの作品で実現しているのは、さまざまな「別の内側」から現在を見返す、ということではないだろうか。わたしたちが海を見るとき、あるいは被災地を、被災者を、残された動物を、原子力発電所を、過去を見ようとするとき、わたしたちは当たり前のように「生きていてしかもそこにはいない人間」の視点で見てしまう。安全な外側に立つ。海の中からこちらを見返し、別の内側から今の自分を見返すような想像的な視点に立つことは容易ではない。しかしイェリネクの言葉は、そうした無意識のまなざし、無意識の語りこそ、現在の社会関係を強化してしまいかねないという事実を告発しているように思われる。「光のない。」には、暗い海を漂う死者たちのまなざしがあり、原子炉の内部でウランが丸天井を見上げているような風景があり、電子がみずからの崩壊と生成を語るような声がある。「世界を苦しみの側から理解することこそ、悲劇における悲劇的なものである」（ニーチェ）というとき、その苦しみを、生きている人間の苦しみだけでなく、死者たちの苦しみ、動物たちの苦しみ、物や建物の苦しみ、さらには強制的に分裂させられ、エネルギーを取り出されている物質たちの苦しみにまで拡張し、それらの側から世界を見返し、理解しなおそうとしつづけることこそ、芸術にしか実現できない政治的な実践であり、「光のない。」におけるイェリネクの方法だと考えられるのである。

作中の最後の言葉である「判決」はドイツ語では「Urteil（ウアタイル）」で、「判断」も意味するが、厳密な語源とは別にこれを「Ur-Teil」と読むと、原初の分割、最初の部分、はじまりにある共有、と読める。分裂の末に見えない汚染が広がり、音楽が聞こえなくなった世界で、残されたわたしたちはどのような判決を下し、判断を重ねて、分裂、分割、共有に取り組みなおすのかが問われているだろう。

◆「エピローグ?」と「プロローグ?」

三部作の第二作「エピローグ?」は、震災と原発事故から一年のあいだにイェリネクが触れた多くの報道と、詩人フリードリヒ・ヘルダーリンの翻訳によるソポクレースの悲劇『アンティゴネー』を下敷きにしている。アンティゴネーは古代ギリシアの国家テーバイの王女である。その二人の兄エテオクレースとポリュネイケースは国の王位を争い、負けた後者は外国の軍隊に協力を求めてふたたび祖国を攻め、二人の兄は最後には相討ちの死を遂げる。アンティゴネーの叔父であるクレオーンが新国王となるが、かれは祖国の反逆者ポリュネイケースの死体だけは埋葬を禁じて、野ざらしにさせる。アンティゴネーはこの国法を破り、兄の遺体のもとへ行き、砂をかける。かのじょはとらえられるが、王であるクレオーンに向き合ってなおその法を受けいれず、地下牢に入れられると、そこでみずから首を吊る。クレオーンの息子ハイモーンは婚約者だったアンティゴネーの死を哀しんで自殺し、ハイモーンの母でありクレオーンの妻であるエウリュディケーもまた息子の死を哀しんで自殺する。

「エピローグ?」の「哀しむ女」にはこのアンティゴネーが重なっている。そしてギリシア悲劇の埋葬の問いが、津波や原発事故によって埋葬できなかった者たちや、水と土、残された汚染土と結びつく。同時にイェリネクは『アンティゴネー』のある側面を明確に取り出している。それは、主人公以外の登場人物を引き継がず、ギリシア悲劇では物語の背景をなしていた動物たちや自然現象を引用している、という点である。「エピローグ?」の「凍てつく風」は『アンティゴネー』からの引用である。それは原発事故後の福島の避難区域に吹く風であると同時に、一人で国法に逆らった古代ギリシアの女性に吹き寄せていた風でもある。「夢にまどろむ鳥たち」「哀しむ鳥」「つむじ風を生む暖かな嵐」「悲嘆する天上の者たち」「鋭い声で鳥たちがわたしたちを惜しんで哀しむだろう」など、生きている人間ではないものたちを、イェリネクは『アンティゴネー』から招いている。

そして「哀しむ女」は、大地が大きく揺れ、多くの者が埋葬され、また埋葬されないままになっているのに、まるでなにも揺れていないかのよう、誰もが話しているけれど、それはまるで巨大な沈黙のよう、と言う。一人の女性が、誰もいない土地に立ち、鳥たちや冬の風とともに言う。これは原発事故後の状況へのイェリネクの応答であると同時に、古代ギリシアから続いてきた訴えの声を引き継ぐことでもあるだろう。演劇学者のハンス＝ティース・レーマンは、そのアンティゴネー論「揺さぶられる秩序」の中で、クレオーンに抗うアンティゴネーの声は誰のために響いているのか、と問うている。

クレオーンの言説を打ち砕くのは、アンティゴネーを通じて喚起されるこの死者たちの時間、不在の者たちの時間、みずからは口をきかない者たちの時間であり、そうした者たちのためにこそ生きている者たちの声は響かねばならず、さらにこう付け加えてもいいだろう、それはまだ生まれていない者たちの時間でもある、と。

死者たち、不在の者たち、まだ生まれていない者たち、そして人間以外の存在も含めて「みずからは口をきかない者たち」のためにこそ生きている人間の声は響かなければならない。そしておそらくそれゆえに、イェリネクは「エピローグ?」の末尾で本来のアンティゴネーの言葉を逆転させる。ヘルダーリン訳ではかのじょはこう語る。

たんに今日からでも、昨日からでもなく、それら〔天の法〕はつねに生きている、
そして誰も知らない、それらがどこから来たか。
〔…〕
だがわたしは知っている、わたしは死なねばならないことを。
どうしていけないだろう? あなたに命じられなくとも死ぬ。
だがわたしが時より前に死ねば、とわたしは言おう、それは
利益でさえある。わたしのように多くの災いとともに生きる者は、
死の中でやはりいくらかの利益を得るのだろうか?

イェリネクはこの箇所に手を加え、あらゆる存在の死や、「わたしたち」の崩壊さえも利益にし、すべてを手に入れようとする「かれら」を名指してテクストを終えているのである。

第三作として発表されたのが、逆説的なタイトルを持つ「プロローグ?」である。これまでも多くのイェリネク作品で参照されてきたマルティン・ハイデッガーの哲学と技術論をベースに、芸術と政治が共通して立つ基盤を批判するテクストであると言えるだろう。その基盤とは、すべてを対象化し、表象し、上演することである。

ハイデッガーは、たとえばその『ブレーメン講演』の第一講演「物」において、本質的な意味での物は、対象としては考えられず、表象して立てられない、と言う。いわゆる学問的な知は、自然科学と形而上学を問わず、それ

ぞれの思考方法に従って表象して立てることを通じて、物を対象として設定してきた。だが物を対象として表象する限り、物は虚無化されざるをえない、と哲学者は言う。なぜなら、物が対象であるとき、物に関する経験と知は分離され、かつ知の方が経験に先立って現実をあらわすと思い込まされ、物の本質は経験されなくなるからである。ハイデッガーによれば、物が物としてあるとき、「わたしたち - 物」という自他関係は存在せず、わたしたちはすでに物のうちにあるが、物を対象化するとは、一切を計算し、所有し、使用することへとつながっていく行ないである。

イェリネクは、自身の芸術を含む人間のいとなみが自然（「燃料」）を容易に表象し、上演し、代替してしまうことにいらだち、そこから逃れようとするかのようである。表象／上演においては、「そこにいる者たち」があらわれることは決してない。しかしイェリネクはそのことをハイデッガーの哲学に沿って解決しようとするのではなく、「わたし」と他者の自他関係を放棄しようともしない。むしろ逆に「わたし」以外のあらゆるものがどこまでも「よそもの」でありつづけることを言葉で守ろうとしているかのように思われる。だからこそ残されるのは、表象の、上演の失敗をあらかじめ約束されたようなテクストなのである。

◆「わたしたち」の声、「よそもの」への扉

uブックス化に際して著者から届いた文章（「自作解説」として本書に収録）に示されているように、イェリネク作品を貫く一つの軸をなす言葉は、「わたしたち」と「よそもの」であると言えるだろう。

「わたしたち」とは誰だろう。この問いは、どのような声を聞いているのがわたしたちか、どのような声が含まれているのがわたしたちか、と言い換えられる。ドイツ語で「声」を意味する言葉「Stimme（シュティメ）」は、選挙の「票」のことでもある。したがって、どのような「声」を聞いているのがわたしたちか、どのような声が含まれているのがわたしたちか、とは、誰を、なにをデモクラシーに含みうるか、という問いである。わたしたちの社会には、

たしかに存在するのに聞かれていない「声」がある（たとえば子どもたちの、死者たちの、まだ生まれていない者たちの、選挙権のない者たちの、さまざまな苦しみを抱える者たちの、犠牲を強いられている者たちの、また自然や、動物たちや、土地たちや、物質たちの「声」……）。かれら・それらの「声」は、「票」として数えられていない。多くの「票」にならない「声」は現代の政治制度では聞かれない。しかしそれがあるべき社会なのか。わたしたちはどのような「声」を聞き、「票」として数え入れ、今とは異なる「わたしたち」になりうるのか。

そこでイェリネクは、現代の政治や経済の問題へ向かうが、その際つねにギリシア悲劇や哲学や言葉遊びへのまわり道を繰り返す。「自作解説」にあるように、かのじょはまっすぐに問題の核心を突こうとするのではなく、どこまでも「回避」する。回避しながら語りつづける。あるいは近く、あるいは遠く、さまざまな距離を隔てた「よそ」の声が入ってくるように、扉を開く。時間をかけて遠回りすることで、一番近くにあるものさえもあらためて感じなおし、考えなおすということは、震災と原発事故の発生した十年前よりも現在ではさらに難しくなっているかもしれない。それは余裕のある者だけの特権のように思われるかもしれない。しかしイェリネクが「よそもの」との出会いをつうじて「わたしたち」を変化させ、「わたしたち」の恐ろしさと可能性を同時に問いつづけることは、たんなる愉しみではないだろう。その言葉はつねに政治的意思にもとづき、本書の三作品に明らかなように、現在について知り、判断するためにこそ、言葉が失われるほどに言葉を重ねるまわり道なのである。

イェリネクは「わたしたち」を問うだけでなく、「かれら」を名指すことをためらわない。「かれら」は死者たちであり、動物たちであり、風たちや涙たちであり、また音たち、放射性物質たち、そして政治家たち、企業たち、男たちである。イェリネクが「かれら」を名指し、「わたしたち」を問いつづけるのは、逆説的にも、わたしは今あるこの言葉では話すことができない、という場所にどこまでもとどまっているからのように思われる。そしてその根幹にはまちがいなく「女性は話すことができない」という経験と認識があった。イェリネクは、言葉と文化は男性中心に形成されており、女性の主体性は男性的規範に対する否定性としてしか存在しないと繰り返し述べている。一九八九年のインタビューをもう一度引こう。分裂と崩壊が、原発事故から始まった主題ではなく、むしろ原発事故や現代世界に分裂と崩壊を見ることができる背景になにがあるのかがわかるだろう。

女性とは、場所を持たず、話すこともない者のことだからです。そのために女性たちにおいては、かのじょたちがなにものであるかということと、かのじょたちがなにを話すかということが、分離し、崩壊します。〔…〕話す者としての女性は存在しないということをどこまでも強く確認すべきであり、女性たちにとってのこの話すことを許されていない状態を主題化すべきです。〔…〕女性たちは、完全にここにいるのでもなく、完全にいなくなっているのでもない、吸血鬼的な存在という、かのじょたちの方法で、男性たちの狭い空間を突き破ろうと試みているのです。

＊

三部作のうち初めの二作は単行本版『光のない。』に収録されていた。「プロローグ？」はその刊行後に発表され、翻訳の初出は『フェスティバル/トーキョー13ドキュメント』（フェスティバル/トーキョー実行委員会事務局、二〇一四年）である。「日本の読者へ」は単行本刊行時に寄せられた序文であり、「自作解説」は本書のために書き下ろされた。

「光のない。」は今回のuブックス化のためにゼロから新訳された。翻訳は歴史的ないとなみであり、翻訳者に対して、また翻訳がなされる言語と社会に対して原作が持つ可能性は、二〇一一年と二一年では異なる。旧訳は震災の年につくられたが、わたしは当時、イェリネクの言葉を強く短い言葉にしかできず、クエスチョンマークを日本語の中に使うことさえできなかった。調査が不十分で誤訳した部分もあり、それについては心からお詫び申し上げたい。二〇一一年の翻訳はその年の空気を記録しているかのようで、部分的に修正を加えることができず、十年を機にすべてを検証しなおした。旧訳を依然として好まれる方もあると思う（あらたに関心を持たれた方は公立図書館等で確認していただきたい）。今後の上演や作品化に関してどちらを選ぶかはアーティストのみなさんにゆだねたい。

「エピローグ?」と「プロローグ?」については誤訳をあらため、表記や文体を修正し、初出時から著者が書き足した部分を翻訳でも補った。翻訳に際しては、これまでと変わることなく、イェリネクの言葉の政治的意思だけでなく、それと切り離すことのできない文体を、リズムと響きを日本語に記録することを心がけた。翻訳が「自然な日本語」になることよりも、たとえ日本語の文法に負荷がかかっても、言葉のスタイルこそ政治性であるという認識で翻訳した。翻訳についての批判はいかなるものも責任を持って応えたい。同時に、震災と原発事故から二〇年、三〇年、五〇年、百年とさらに遠ざかり、離れていく中で、今回の翻訳もいつか別の翻訳者のための下訳となり、イェリネクの言葉のさらなる可能性が見出されることを願っている。

本書の成立までに著者エルフリーデ・イェリネクとは膨大なメールのやりとりを重ねた。記して深く感謝したい。単行本刊行時と同様に編集を担って下さった白水社編集部の和久田頼男氏にもお礼を申し上げたい。

震災から十年の年、なに一つ終わっておらず、それどころか原発の再稼働の動きが進む。「わたしたちのしたことがわたしたちから離れてゆく」(「光のない。」)。かたよった犠牲の上に成り立つ社会を、世界を、わたしたちはもはや許してはいけない。「大地に対して犯した罪を、わたしたちはまた運び去る」(「エピローグ?」)。それが繰り返されぬよう、現在を、そして過去と未来をかえりみるきっかけとなることを願いつつ、本書をお届けする。

二〇二一年二月　オッフェンバッハ・アム・マイン

林　立騎

文献：

Elfriede Jelinek, *Im Abseits*, Nobelvorlesung 2004.
https://www.nobelprize.org/prizes/literature/2004/jelinek/25215-elfriede-jelinek-nobelvorlesung/

Anke Roeder, *Ich will kein Theater. Ich will ein anderes Theater. Gespräch mit Elfriede Jelinek*, in: Dies., *Autorinnen: Herausforderungen an das Theater*, Frankfurt am Main 1989.

Hans-Thies Lehmann, *Erschütterte Ordnung. Das Modell Antigone*, in: Ders., *Das Politische Schreiben. Essays zu Theatertexten*, Berlin, 2. erweiterte Auflage 2012.

Pia Janke (Hrsg.), *Jelinek-Handbuch*, Stuttgart 2013.

René Girard, *Ein gefährliches Gleichgewicht. Versuch einer Deutung des Komischen*, in: Ders., *Die verkannte Stimme des Realen*, München Wien 2005.

Sophokles, *Antigonä*, in: D. E. Sattler (Hrsg.), *Friedrich Hölderlin: Sämtliche Werke, Briefe und Dokumente*, München 2004, Band 10.

Sophokles, *Die Spürhunde*, in: *Griechische Satyrspiele von Euripides, Sophokles und Aischylos. Übersetzung von Oskar Werner*, Stuttgart 1970.

マルティン・ハイデッガー『言葉についての対話』、高田珠樹訳、平凡社ライブラリー、二〇〇〇年

マルティン・ハイデッガー『ブレーメン講演とフライブルク講演』、森一郎、H・ブフナー訳、創文社、二〇〇三年

著者紹介

エルフリーデ・イェリネク
(Elfriede Jelinek)

オーストリアの作家。1946年10月20日生まれ、ウィーン育ち。6歳で音楽教育を受けはじめ、13歳でウィーン市立音楽院に入学。オルガン、ピアノ、フルート、作曲、音楽理論を学ぶ。ウィーン大学で美術史と演劇学を専攻。

トマス・ピンチョンの『重力の虹』ドイツ語訳を若くして手がけ、パウル・ツェランやハイデガーやアーレントを『トーテンアウベルク』という哲学的対話劇のなかによみがえらせるなど、ペーター・ハントケよりもポスト・モダンな作風かつ作品を通じた政治的な意思表明が評価されて、2004年にフランツ・カフカ賞とノーベル文学賞とをダブル受賞。

劇作家としても多くの受賞歴を誇り、サミュエル・ベケットやハイナー・ミュラーの後継とも目される現代演劇の最重要作家。

主な小説作品に、『ピアニスト』(83年)、『したい気分』(89年)、『死者の子供たち』(95年)。主な戯曲作品として、『スポーツ劇』(98年)でゲオルク・ビューヒナー賞を受賞、『レヒニッツ』(09年)や『冬の旅』(11年)でミュールハイム劇作家賞を4度受賞。以後も難民問題を取り上げた『救われるべき者たち』(14年)やドナルド・トランプとオイディプス王を重ねた『王の道』(17年)で注目を集めている。

訳者略歴
林立騎（はやし・たつき）
新潟県栃尾市生まれ。現在、ドイツ・フランクフルト市の公立劇場キュンストラーハウス・ムーゾントゥルム企画学芸員（ドラマトゥルク）。翻訳者、演劇研究者。イェリネクの翻訳を対象に第5回小田島雄志翻訳戯曲賞を受賞。ハンス＝ティース・レーマン、マティアス・ペースとの共編著に『Die Evakuierung des Theaters』（Berlin Alexander Verlag）、翻訳にレーマン「ポストドラマ演劇はいかに政治的か？」（『ポストドラマ時代の創造力』所収、白水社）等。

本書は2012年に単行本として小社より刊行された。

上演許可申請先
原著者：酒井著作権事務所（03-3095-1405）
翻訳者：林立騎（ttkhys@gmail.com）

白水uブックス　234

光のない。［三部作］

著　者　エルフリーデ・イェリネク
訳者©　林　立騎
発行者　及川直志
発行所　株式会社 白水社
東京都千代田区神田小川町3-24
振替　00190-5-33228　〒101-0052
電話（03）3291-7811（営業部）
（03）3291-7821（編集部）
www.hakusuisha.co.jp

2021年3月1日　印刷
2021年3月25日　発行
本文印刷　株式会社精興社
表紙印刷　クリエイティブ弥那
製　　本　加瀬製本
Printed in Japan

ISBN978-4-560-07234-9